Михаил Михайлович Пришвин

Сибирские впечатления

西比利亜の印象

ミハイール・プリーシヴィン

岡田和也 訳

未知谷
Publisher Michitani

目次

西比利亜《シベリヤ》の印象

西比利亜《シベリヤ》の印象——亜當《アダム》と夏娃《イヴ》

Ⅰ　永遠《とわ》の対偶《たいぐう》

1

軽い清《さや》かな土地を、進んでいきました。窗《まど》には、日がな一日、虔《つつま》しい小川の滸《ほと》りの虔《つつま》しい木立ちや、草原《ルーグ》の白雁《はくがん》の群れや、静かな入り江《ザーヴォヂ》や、弥終《いやはて》の白樺が項《うな》低《だ》れる伐採地《ポールビ》が、ちろめいていました。更に一日、その地平を、進んでいきました。重い沃《ゆた》かな黒い耕地《ニーヴァ》が、続いていました。曠漠とした沿ヴォールガやアクサーコフ（訳註　露西亜《ロシャ》西部の烏拉《ウラール》山脈南部西麓の烏法《ウファー》の地主貴族出身の作家セルゲーイ・チモフェーエヴィチ・アクサーコフ一七九一～一八五九）が讃えた烏法《ウファー》の地までは、更に一日、掛かりました。すると、そこに、最初の烏拉《ウラール》の丘々《おかおか》、そして、竟《つい》に、烏拉の本体、老翁の白眉さながらの烏拉の全容が、展けるのでした。

軽い土地には、軽い堆《にお》、重い土地には、ずっしりと重い堆、穀物束の小山が、十三ばかり。想いは、放たれ、大いなる広袤《こうぼう》には、独自の 詩《ポエージヤ》 があります。エルマーク・チモフェーエヴィチ（訳註、哥薩克《コサック》の頭領《アタマーン》、西比利亜《シベリヤ》の探検家一五三二〜八五）が、偲ばれます。

そして、そんな日が、更に幾つ連なろうと、矢張り、同じ邦であり、その涯《はて》を極めることは、できません。

烏拉は、刈《か》り入れを了《お》えるところ。前では、雄々しく奔放な大鎌《コサー》が、光り、後《しりえ》では、温《おと》和《な》しい女が、刈り取られた穀物へ身を跼《かが》めています。男は、刈り、女は、束ねます。神の訓《おし》えを従順《すなお》に遵《まも》る永遠《とわ》の対偶《たいぐう》、額に汗して麵麭《パン》の得られんことを。

その一対の男女、それは、無愛想で単調ながら陰翳に富んだ蒼古な烏拉の丘々を匝《めぐ》らす、その野に、美しく映えます。

すると、忽焉《こつえん》として、聖書の風景が、了《お》わります。映画の底片《フィルム》が、盡きました。

目の前には、《人々のための煖房貨車《チェプルーシカ》（訳註、貨車に煖房を施した臨時の客車）》と記された緋《あか》い幕。頤鬚《あごひげ》の生えた棘髪《おどろがみ》の頭と更紗の頭巾《プラトーク》を冠ったもう一つの頭が、高い小窓《こまど》から突き出し、牝馬が暗い厩舎から明るい内庭を覗くように、覗いています。映画の底片《フィルム》が、盡きました。幕が、閉じました。彼《か》の永遠の対偶、亜當《アダム》と夏娃《イヴ》が、不細工な孔から、覗いています。

誰かが、訊ねます。

「還《かえ》り？」

「否《いや》、往き。秋までは、往き。秋から謝肉祭《マースレニツァ》までは、還り。謝肉祭からは、また往き。還りは、敝衣《へいい》に蝨《しらみ》、往きは……」

煖房貨車の半開きの扉の中を覗くと、夏娃《イヴ》が、膝枕する亜當《アダム》の頭を弄《まさぐ》っています……

幕が、また開くと、美しい亜當と夏娃が、乂《か》っています。そして、閉じると、汚い体が、汚い嚢《ふくろ》と共に、《煖房貨車》を待ちながら、軌条《レール》の傍《かたえ》に臥しています。行人《こうじん》は、穢《けが》らわしげに彼らを目にし、西比利亜《シベリヤ》っ子は、厭悪や反感を懐いて彼らのことを口にし、車掌は、罵りながら、新しい長沓《ながぐつ》を古い襤褸《らんる》に引っ掛けていきます。

幕は、閉じたり、開いたり。それが、閉じると、私は、自問します。《なぜ、同じ人が、そこで乂る時には、斯《か》くも美しく、なぜ、この煖房貨車の中では、新しい土地への、約束の邦への、この迚《とて》も美しい筈の移動と云う状況の下では、醜いのだろう？》

私は、自答します、乃《すなわ》ち、亜當と夏娃は、自然と和して生きており、二人は、自身を生の始原とせず、二人は、自然の永遠の環《わ》を反復し、永遠の反復ゆえに、自身を繞《めぐ》る永遠の想起《ナポミナーニエ》ゆえに、美しくなるのです。けれども、この煖房貨車の中にあるのは、意図された人間の生活《ヴィート》の裸の始原《ゴローエ・ナチャーロ》に、他なりません。神は、その亜當と夏娃を、楽園から追放したばかり。

2

私は、中央亜細亜《アジヤ》の奥イルティーシの曠野《スチェーピ》の懐《ふところ》へ、遊牧民の許を目指して、進んでいました。私は、恒河沙《こうがしゃ》さながらの家畜の群れや、それを追い立てて移動させる曠野の騎《の》り手を、心に描いており、私たち都府の住人にはお伽噺に想えるその世界の人々の心理を、在るが儘に把《とら》えようとしていました。私の目は、その端々《はしばし》へ直《ひた》と向けられ、私は、永遠《とわ》の対偶《たいぐう》、亜當《アダム》と夏娃《イヴ》も、観察することに。

春に、露西亜《ロシヤ》中部の黒土の諸県で、私は、新しい土地への憧れが人々の心に萌すのを、看て取りました。そこでは、その妙なる邦《くに》では、馬鈴薯は二十哥《コペーイカ》、麵麭《パン》は二十五哥、肉は三哥、森は只《ただ》で持ってけ。已む無く詩人や夢想家となったばかりの浮き世離れした人々は、そんなふうに滑稽かつ現金に、青い鳥や約束の邦を想い描いています。

春に、故地で、私は、《新しい土地への切符》を土地整理委員会で貰い損ねたそれらの滑稽で不運な夢想家に、同情していました。

今は、秋で、私は、その夢が叶っているのを、目にします。私には、人々が満腹して健やかに暮らせる地を目にするだけで、心が充ち足りるように想われます。

秋に、移民は、穀物を穫《と》り入れ、新しい土地を目指します。私は、人々を載せたそれらの煖房貨車が進んでいくのを、目にしました。今、イルティーシ河（訳註　西比利亜《シベリヤ》低地を流れるオービ河左岸の支流）の岸辺で、それを目にします。

「積み荷は、可《よ》し――船長は、役人から移民を預かる際に、私に云います――積み荷は、愛《め》でたし、濡れもせず、炎えもせず」

役人は、その移動が如何に大掛かりで無秩序であるか、一番偉い移住担當の長官が視察を了《お》えた今、凡《すべ》てこれが如何に首尾好く処理されていくか、私に語ります。至る処で、監督官が、任命されています。移民の移動の弊害である賄賂《わいろ》に対し、厳しい措置が講じられています。彼は、《生水、飲むな》と書かれた湯の滾《たぎ》る大きな茶炊《サモヴァール》を、私に示します。新しい掘っ建て小屋《バラック》や診療所を、示します。移民に献げる自作の詩を、誦《よ》みます。彼は、自由な気風《リベラル》。

「一年、二年、務めては、去る――世間を見てきた賢い船長は、私に云います――役人は、ここに住《とど》まらず、出世したら、はい、左様《さよう》なら。袖の下が欲しい者は、居坐る。西比利亜に、それは附きもの」

そして、西比利亜の或る名士は、こんな逆説めいた持論を展開します。露西亜人は、非農耕民である、スラヴ主義者《スラヴャノフィール》や人民主義者《ナロードニキ》は、農耕を云い立て過ぎた、独逸人《ドイツ》の入植者の暮らしは、上首尾であり、露西亜人の暮らしは、不如意である、独逸人は、文化的《クリトゥールヌイ》であり、露西亜人は、非文化的《ニェクリトゥールヌイ》である。農耕は、文化に由来する。乃《すなわ》ち、露西亜人は、非農耕民である、と。

「その目で、ご覧あれ！」彼は、餞《はなむ》けの言葉を、私に告げます。

私たちの汽船は、快適で、申し分なし。イルティーシ河の水面《みなも》から、雁《がん》や鴨や白鳥の群れが舞い立ち、狗鷲《いぬわし》は、曠野の空を滑翔するか、巨軀を跼《かが》めて沙洲《さす》で微睡《まどろ》むかしています。自然は、陰気で単調ながら、無垢そのものであり、それゆえに、美しいのです。私は、却々《なかなか》、移民の許へ下りる気がしません。

そこでは、露西亜の隅々から鳩《あつ》まった人が、叺《かます》さながらに床に屯《たむろ》し、酔っ払いの若者が、手風琴《ガルモーニカ》を抱えて、人の体を踏みながら、進んでいきます。

「悪魔《アンチュートカ》！　悪魔！」目を覚ました女子衆《おなごしゅ》が、身動《みじろ》ぎます。

ターヴリヤの、チェルニーゴフの、ポルターヴァの、リヤザーニの、オレンブールグの

……

「オリョールのは？」

「いない」

「途《と》んでもない！　うちらは、オリョール……」

ポルターヴァの人は、オリョールの人と隣り同士でも、相手のことには、風馬牛《ふうばぎゅう》。こっちは、山羊公《カツァープ》（訳註　烏克蘭人《ウクライーナ》の露西亜人に対する蔑称）、あっちは、鶏冠野郎《ホホール》（訳註　露西亜人の烏

克蘭人に対する蔑称)。そして、大方は、肩《けん》を摩《ま》して臥せりながら、隣り人が何処《どこ》の何奴《どいつ》か、何も知らないのです。みんな、所帯ごとに鳩《あつ》まり、どの家族も、時には秘めた志しを、夫々《それぞれ》に懐いていています。そして、傍目には、同じ不幸で束ねられたこの灰色の団塊《マーッサ》が、同じ約束の邦を目指しているように、映るのです。

大工の一家。彼らは、夏中《ぢゅう》、流浪しています。町へ至り、銭を儲け、その先へ。彼らは、四人《よったり》で、澤山《たっぷり》稼ぎました。行く先々で、知り合いの先住者の共同体に登録されます。彼らは、陽気で意気軒高。

樽職人と羊皮工は、四角四面、未来の西比利亜っ子、手練《てだ》れながら、陰気で片意地。けれども、官府の後ろ盾とは無縁の、端なくも団塊へ入ることもある、そうした自立した人は、毫《わず》か。大半は、無学で慍《うら》みを懐《いだ》いています。彼らは、空しく進んでいます、《主の御意《みこころ》の儘に》。凡てこれが、移住の原則の如実な挿画であり、最良の移民は、官府から独立した人。凡て残りの団塊は、無気力……。私は、二人の役人の遣り取りを想い出します。一人が、《彼らの半分は、只の流れ者》と云えば、相手は、《半分でなく、三分の一》と反《かえ》すのでした。

来歴は、似たり寄ったり、面白みに缺《か》けます。そして、彼らが神の御意の儘《まま》に危険を冒して阿爾泰《アルターイ》か何処《どこ》かの《黄金の山々》へでも行くと云うことだけが、同情を誘います。足許に、灼け焦げた鍬《スコップ》……。私は、それを想い出します……。何処かで、見た筈、サマーラか、チェリヤービンスクか、オームスクか？　オームスクだったような。私は、長いこと、それについて、移住担当の役人と、語らいました。露西亜風《ピローグ》パイを煖爐《ペーチ》へ入れるのに用いる、その灼け焦げた鍬《スコップ》は、仮りにそれをタヴリーダ（訳註　克里米亜《クリミヤ》半島の古称）県から阿爾泰《アルターイ》へ運んでくるとしたら、幾ら掛かりましょう？　その金子《きんす》で、新しい鍬《スコップ》が、幾つ買えましょう？　古い馬の首輪《ホムート》は？　火掻き棒《コチェルガー》は？　新しい土地で茶炊《サモヴァール》に使う木っ端の束は？　その木っ端を繞《めぐ》り、夫婦の喧嘩が、どれほどあったことか？　すると、また、永遠の対偶が、鶏冠野郎《ホホール》と鶏冠女《ホフルーシカ》が、黄色い西比利亜の曠野を背にして、艫《とも》にいます。男は、イルトィーシ河岸の小村《フートル》について、仲間と語らっています。女は、樹々もなく、苹果《りんご》も桜桃《さくらんぼ》もなく、編み垣のある白い土壁の家もなく、教会もない、黄色い、乾いた、日影に灼き盡くされた、草の代わりに枯れた矮《ひく》い牛毛草《シチョートカ》が匍《は》うだけの、荒涼たる曠野を、哀《かな》しげに眺め、こう曰《のたま》います。

「ポルターヴァに毫《すこ》しでも土地があったなら、こんな咒《のろ》われた土地へなんか来なかったのに！」

3

移民は、イルトィーシ河を船で溯《さかのぼ》ります。向かう先は、彼らにとって素晴らしく、阿《ア》爾泰《ルターイ》の谿々《たにだに》には、妙なる土地、栗色土《くりいろど》、沃《ゆた》かな黄土《レス》が、あるのだそう。

私と共にこの曠野の町パヴロダールで下りた人は、毫《わず》か。けれども、私は、その乾燥した土地の新たな印象に囚われて、彼らのことをほどなく忘れてしまいます。

酷暑の夏は、尠《すく》ない樹々の葉を、焦がしました。それらの葉は、未だ七月なのに、暮秋のように散りました。小川も川も井戸も、涸れ果てました。凡てこれは、牧夫にとっては、禍《わざわ》いでなく、農夫にとっては、畢《お》わりです。回々《フィフィ》教の吉里吉思《キルギース》人の神は、正教の神に腹を立て、多くの移民が、露西亜へ遁《に》げ帰りました。

西比利亜《シベリヤ》の至る処で大きな話柄となり、移住事業の拙い組織の確たる証拠となっている、帰還する移民は、彼らがこの地へ至るために堪え忍んだ労苦を想うと、何とも悲惨。彼らは、それらの曠野の落伍者は、どんな人？　凡てこれは、本當のこと？……

私が奥イルトィーシの曠野の懐へ向かうために汽船を下りた町は、悉《すっか》り見透せて、目路は、街路を貫いて曠野へ至り、途中で、駱駝の頭、白い頭巾《ターバン》、耳覆《マラハーイ》い附き毛皮帽、色取りの長衣《ハラート》、吉里吉思人が是《こ》れ見よがしに纏う寛《ゆる》い更紗の下穿《ズロース》きを、捉えます。

町は、曠野と、乃《すなわ》ち、イルトィーシ河の対岸と、《飛行機《サモリョート》》で結ばれます。それは、汽船と同じく外輪附きの筏《いかだ》のことで、動力は、馬。

風は、横殴りに吹いています。飛行機は、離岸できません。私たちは、早朝から昼頃まで、岸に彳《たたず》むばかり。牛や羊や駱駝が、私たちの四囲《まわり》に麕集《くんしゅう》します。家畜の群れは、引きも切らずに押し寄せます。牛は、私たちの脇腹を角で押し、馬は、曠野の甜瓜《メロン》のように黄色い吉里吉思人の顔を尾で打ちます。哄笑《ホーホト》も、下卑《げび》た叫喚も、巫山戯《ふざけ》た短い革鞭《ナガーイカ》の応酬も、駱駝の瘤に跨《また》がる名士の機知に富んだ会話も、凡てこれは、私にとって、実に奇異で新鮮ながら、心の底では、馴染みのあるもの。

「トゥプル（訳註、どぅどぅと牛馬を御する掛け聲）……、トゥプル……」

「おゃ、そちらでも《トゥプル》？」私は、舌人《ぜつじん》に訊ねます。

「ええ、こちらでも《トゥプル》」彼は、応えます。

私は、正《まさ》にこれが馴染みのあるものであり、嘗《かつ》てこれらの曠野の騎《の》り手は私たちの傍《かたえ》にいたのではないか、と想います。彼らの鋭い小さな目、彼らの揶《からか》うような調子、お喋り好き、渾沌とした気忙《きぜわ》しさ、直観で示されるものの意識では未だに捉えられない諸々《もろもろ》、凡てこれは、私たちの許にもあり、何ものかに隠されているだけ。

筏は、岸を離れます。牛は、水へ落ちます。板は、みしみし。

「アイ、アイ、アイ。ジャマントイ！」

「ハ、ハ、ハ！　駱駝、落ちる」

「主《ゴースポヂ》よ！――柁《かじ》に押し附けられた亜當と夏娃は、呟《つぶや》きます――おぉ、主よ！」

筏は、くるくる廻ります。傍の人は、みんな、外輪を廻すくたくたの馬たちに、したたか短い革鞭を呉れます。哄笑あり、叫喚あり。家畜は、水へ落ち、泅《およ》ぎます。この家畜の大群が未だ筏を毀《こわ》さず、金切り聲で哄笑し叫喚するこの形無き一群が散らないのが、何とも不思議。私たちは、こんな態《ざま》でも進みます。慰めは、こう想うこと。もしかすると、凡てこれは、不馴れゆえに険呑《けんのん》と想われるだけで、本来は、こうあって然るべきでは？　猫が、駱駝から馬へ、馬から私たちへ、跳び移ります。

「ブルィーシ（訳註　しっしっと猫を逐い払う掛け聲）！」

「おや、そちらでも《ブルィーシ》？」

「ええ、こちらでも《ブルィーシ》」

「何と！」

「何と」

イルトィーシ河の対岸の包《ユールタ》（訳註　遊牧民の移動住居）や新たな家畜の群れが逼《せま》れば逼るほど、接岸したらその群れが押し寄せて私たちを水へ突き落とすのではとの不安が募り、牛の角が脇腹をぐいぐい押せば押すほど、駱駝が頸条《うなじ》に息を吹き掛ければ吹き掛けるほど、馴染みのある何かが瞭《はっき》りとしてきます。

これは、あの露西亜であり、これは、それであり、それからは、何処《どこ》へも遁げられず、これは、矢張り、自分たちのものであり、身近なもの。

無形、渾沌、それでも、貌《かお》。
今にも、沈みそう。
けれども、筏は、尚も前へ。

4

私たちは、一日、曠野《スチェーピ》を進み、更に一日、進みますが、そこは、尚も乾いた黄色い海のよう、鹽《しお》が、雪さながらに道塗《どうと》に散らばり、死せる鹹湖《かんこ》が、不気味な菫《すみれ》色の縁を画いています。

この乾いた洋《うみ》では、溺れこそしないものの、徒歩《かち》でも沈んでしまうのが、恐ろしく、そう想うと、汽船から時折り深淵を覗くように、ぞっとします。馬が小刻みな跑足《だく》で進んでいるから、可《よ》いものの。

みんな、そこで唯一の樹を、知っています。その樹は、四周《ぐるり》の鹽類土《ソロネーツ》を小川に洗い流されたお蔭で、生えました。凡ての隊商《カラヴァーン》が、そこで留《と》まり、野宿をします。私たちも、そこで留まり、乾糞《キジャーク》を拾い、火を熾《おこ》し、吉里吉思人《キルギース》も、私たちの傍で、火を熾します。月が、昇ります。サルト人（訳註　中央亜細亜の定住民）や吉里吉思人の青銅色の横顔が、描き出され、そして……

「あの火の傍《そば》にいる、頤鬚《あごひげ》の男と女は？」

「移民」

亜當《アダム》と夏娃《イヴ》——私は、郷党と識り、欣びます。

「貴方《あなた》たち、還《かえ》り？」

「否《いぇ》、探しに往くところ、未だ土地のある処《ところ》がないか？」

「大変？」

「大変。泪で目も見えないほど。ほら……」

彼らは、孔雀石さながらの緑の麵麭《パン》を見せます。女にとって、そんな光景ほど怕《こわ》いものは、ないでしょう。麵麭が、酸っぱかったり、ぐちゃっとしたり。

「貴方たち、何処《どこ》へ？」

「セミレーク（セミレーチエ）へ、そこは、麵麭の山」

「お止しなさい――私は、云います――お止しなさい」

私は、セミレーチエから帰還した人と話したことがあります。彼らが戻ってくるのは、そこが、未開であり、麵麭は山ほどあって幾らもしないものの、暮らせないためであり、露西亜から来た人は、平民であれ、原始人でも浮き世離れした魯浜孫《ロビンソン》・克魯索《クルーソー》でもありません。彼は、もはや麵麭のみでは生きられず、未開の地から遁げてきます。私は、彼らをこの目で見て、彼らと話しましたが、麵麭は、そこでは、一普特《プード》（訳註　十六・三八瓩《キログラム》）二十哥《コペーイカ》、ここでは、一留《ルーブリ》七十五哥、それでも、彼らは、そこからここへ遁げてきます。

「お止しなさい――私は、云います――露西亜へ行くほうが、可《よ》い」そして、私は、自分がセミレーチエから帰還した人と遇《あ》ったことを話します。

「それは、山羊公《カツァープ》だから――鶏冠野郎《ホホール》は、応えます――彼らは、銭さえ稼げば、それで可《よ》く、稼げば、遁《とん》ずら。私たちは、探してみる」

隊商は、神輿《みこし》を上げ、二輪の荷馬車《アルバー》は、数百頭の犬が喧嘩でもするように轔々《りんりん》と犇《ひし》めき、移民用の腰高な大型荷馬車《フーラ》が、蕭々《しょうしょう》たる平坦な曠野の道を進みます。鹹湖《かんこ》は、さながら荒野の目。半ば未開人の騎《の》り手は……

私は、二人の移住担當の役人が通るのをこの目で見ましたが、彼らは、何処か近くで土地が分与されると云います。私は、彼らが脇の遊牧民の道に消えたのを目にすると、自問します、一体、どうやってそこで暮らせよう？　砂礫に覆われたこの鹽類土の土地、その上の黄色い牛毛草《シチヨートカ》、その上に広がる深更……

西比利亜《シベリヤ》は、極めて豊かな邦。西比利亜は、無辺の園。西比利亜は、黄金の底、約束の邦。そして、この曠野は、死せる鹹湖を抱く荒野。この地では、曠野の兎や鼠の溺れた穴の水を飲まないで済むように、水を携帯せねばならず、夏には水が涸れ、井戸が忽ち鹹《しおから》くなります。

なぜ、ここに、亜當と夏娃？　しかも、彼らは、烟《けむ》たがられ、この招かれざる客に対する苦情が、轟々と渦巻いています。

三百ないし四百露里《ヴェルスター》（訳註　一露里は一・〇六六八粁《キロメートル》）もの移動で草臥《くたび》れた人にとって、凡てこれを直ぐに解き明かすのは、至難の業。

今のところ、私は、不思議な謎をこんなふうに解いています。神は、堕落し切った人間の苦情にうんざりした、と。神は、その人間を、新たに創造し、また楽園へ遣わしました。そして、人間は、また愆《あやま》ちを犯し、また土を耕すべく楽園から追放されました。けれども、神は、土地が尠《すく》ないことを、土地がもう塞《ふさ》がっていることを、失念していました。それで、今、亜當と夏娃は、彷徨《さまよ》い、神の訓《おし》えをより善くより迅《すみ》やかに果たせる土地を、探しているのです。凍原《トゥーンドラ》や森《タイガー》や荒野を、彷徨っているのです。けれども、そこでも、土地は、もう誰かのもの。

Ⅱ　不逞の輩《サモドゥーロフツィ》

流離《さすら》い、流離い……。亜當《アダム》と夏娃《イヴ》が、霽《は》れて居を定めるのは、何時《いつ》？　ここは、もう中央亜細亜《アジャ》、近くには、もう《諸民族の歴史の門》。星々が低くて大きい、荒野。堕罪後初の人間の生を究めるには、打って附けの土地。

「彼らは、あそこに――人々は、私に云います――何処《どこ》か近くの、あの山の蔭の、塤《う》められし井戸に」

バス・クドゥーク、乃《すなわ》ち、《塤められし井戸《ザコーパンヌイ・コローヂェツ》》は、土地の名。

或る学者に拠れば、吉里吉思人《キルギース》は、創造に於《お》いて荷馬《ホメーロス》時代の希臘《ギリシャ》人を彷彿させ、彼らは、外界を、在るが儘に感受し、感受する儘に讃美します。それは、地名からも、或る程度、窺えます。曠野《スチェーピ》で野宿する際に馬が失われた土地は、《失われし馬《ポチェーリャンナヤ・ローシャヂ》》と称《よ》ばれ、路上で車輪が毀《こわ》れる地形の土地は、《毀れし車輪》《スローマンノエ・コレソー》と称ばれ、嬰児《みどりご》が産まれる際にその車輪を目にした吉里吉思人は、嬰児にも毀れし車輪と云う名を授《さず》けます。

塡《う》められし井戸と名附けられた土地の起源は、概《おおむ》ね、現代。農学者に拠れば、その土地の水は、《最小限》であり、土壌でなく、気候でなく、水が、凡《あら》ゆる生業《なりわい》の鑰《かぎ》。そして、移住担當の役人が、二日、三日、鹽類土《ソロネーツ》の土地を巡り、端なくも何処《どこ》かの山谿《さんけい》に地の《利》を見出だし、不用意にもそれを誉め讃えると、吉里吉思人は、役人が去ってから、恰《あたか》もそこに水がないかのように、井戸を塡めます。その後、その土地は、吉里吉思人の間で、塡められし井戸と称ばれます。

私は、そんな説明を受けました。

「あそこに——人々は、私に云います——塡められし井戸に、移民、住んでいる、ほら、もう近い、ほら、湖も。大きな湖、私たちの前で、燦《きら》めいている」

「真水？」

「真水」

「そんな筈、ある？　そこに塡められし井戸があるのは、なぜ？」

すると、人々は、塡められし井戸と云う谿間《たにま》に纏《まつ》わるこんな話を、私に聞かせます。

「そう、それは、あった。井戸は、なぜか塡められ、そこは、塡められし井戸と名附けられた。けれども、或る時、遊牧民の吉里吉思人が、野宿の際に駱駝に水飼うために井戸を掘り出した。井戸から、水が迸《ほとばし》った。吉里吉思人は、鱈腹《たらふく》、自分も飲み、凡ての駱駝にも飲ませたが、水は、尚も迸った。彼は、去った。水は、尚も迸った。塡められた土地は、水が溜まって湖になった。けれども、塡められし井戸と云う名は、その儘」

「有り得る？」

「有り得る？——私の舌人《ぜつじん》である吉里吉思人は、繰り返します——そう、それは、有り得る。湖の向こう側には、裕福な吉里吉思人が住み着き、こちら側には、貧しい吉里吉思人が住み着いた。裕福な人は、貧しい人に、羊の毛を与える代わりとして、羊を牧《か》わせたり、曠野の馬を飼い馴らさせたり。貧しい人は、裕福な人に頗《すこぶ》る満足し、裕福な人は、貧しい人に頗る満足していた」

「本當に、貧しい人は、裕福な人に満足していた？」

「本當に、満足していた。そう、貧しい人は、裕福な人に満足していた。彼らは、湖畔で睦まじく暮らしていた。ほどなく、魚が、湖に現れた。露西亜《ロシヤ》の哥薩克《コサック》が、遣ってきて、魚を捕って商い始めた。裕福な吉里吉思人は、凡《すべ》ての貧しい吉里吉思人に、湖の魚を捕ってその露西亜の哥薩克にだけ売るよう命じた。哥薩克は、忽ち富裕になった。裕福な吉里吉思人と露西亜の哥薩克は、仲好しになり、頻《しき》りに、馬乳酒《クムィース》を酌み、羊や仔馬を屠《ほふ》った」

「露西亜人、仔馬、食べない！」

「その哥薩克が、仔馬を喰《く》らって誉め千切った。二人の露西亜の移民が、遣ってきて、貧しい吉里吉思人を態手と轅《ながえ》で逐《お》い払った。露西亜の哥薩克は、羊や仔馬を喰らって馬乳酒を飲みに裕福な人の許へ通うのを已《や》めた。露西亜の哥薩克は、移民の肩を持つようになった。裕福な吉里吉思人は、長官の許へ赴《おもむ》き、彼に五千留《ルーブリ》を渡す。長官は、移民を逐い払いに来た」

「長官、お銭《あし》、受け取った？　有り得る？」

「そう、それ、有り得る。長官、お銭、受け取った。けれども、移民、出ていかない。長官、罵る。移民、上官に愬《うった》える。上官、《有り難う、兄弟！》と云い、部下の長官を逐い払った」

「貧しい吉里吉思人は？」

「彼らは、落魄《おちぶ》れ、餓えし曠野《ゴロードナヤ・スチェーピ》へ去った」

「そんな経緯《ゆくたて》！」

「そんな経緯！」舌人は、私に尾《つ》いて、繰り返します。

私は、そんな話を散々耳にしましたが、道中で四方山の話が出るのも、宣《むべ》なるかな。それで、私は、凡てこれを渋々と聞いています。旧套墨守《きゅうとうぼくしゅ》の暮らしを営むこんな遊牧民がいる中央亜細亜の荒涼たる曠野、山の斜《なぞえ》をぶらつく家畜の群れ、襤褸《らんる》を纏《まと》い長い棒を手に馬に跨《またが》る主人の牧夫、曠野の大きな豊かで開けた日輪、凡てこれは、新奇で心を惹きます。

そこは、恰《あたか》も、蠅の唸り。

西比利亜《シベリヤ》の先住者も、原住の遊牧民も、みんな、移民を罵ります。役人さえも、罵り、彼らにしても、亜當《アダム》と夏娃《イヴ》をこの鹽類土の無辺の洋《うみ》に住まわせて自然が牧夫のために創造した地で農耕に従わせるのが、面白くないのです。私が訪ねようとしている移民は、輪を掛けて罵られていました、奴らは勝手に土地を占有した、奴らは《不逞の輩《サモドゥーロフツィ》》、と。

吉里吉思人は、山裾の壕《ほり》のような処《ところ》を手で指し、私に云います。

「あそこに、不逞の輩、住んでいる」

その壕は、近くで見ると、吉里吉思人が冬を越したり亡き骸《がら》を葬ったりする土小屋《ゼムリャーンカ》に肖《そっく》り。

「もしかすると、あれ、吉里吉思人？」

「否《いや》、あそこは、牛、歩む、豚、歩む」

然《しか》り。私は、牛の隣りに豚がいるのを目にします。回々教徒《フィフィ》は、豚を飼いません。然《しか》も。豚が啖《く》らうものは、凡て、不浄なものとされています。ガルキートの傍《そば》には、野豚が、幾千頭も棲んでいますが、誰も、それに手を出しません。露西亜人が豚を飼い始めれば、近くに住む吉里吉思人は、疾々《とっと》と失せましょう。

土小屋は、極めて矮《ひく》い。近くでも、それを砲台と見誤るかも知れません。背後は、兀《は》げ山と黄色い曠野。数百露里《ヴェルスター》に亙《わた》り、茂みが一つもなし。ここでは、曠野で拾った畜糞を焚いて、煖を採ります。それは、可《よ》いのですが、愉しみが、何もなし。曠野の住人《スチェプニャーク》や旅鴉《たびがらす》なら、愉快かも知れませんが、露西亜人は、白樺なしで暮らせましょうか？ 教会の代わりに、風化した花崗岩から成る幻想的な黒い山々があり、荒涼たるそれらの山は、雲のように四散する気紛れな造形を具《そな》えています。

山々は、成長し、黶《くろ》い造形は、諸々《もろもろ》の怕《こわ》い野獣に身を変じます。けれども、土小屋は、矮《ひく》い儘。

私たちは、涸れた澤を渉ります。日が、昏《く》れます。魚の棲む湖は、薔薇色に燦《きら》めいて、翠微《すいび》を際立たせます。向こう側には、裕福な吉里吉思人の包《ユールタ》が、石油の槽《タンク》さながらに白く見えます。こちら側の、こっちには、魚を鬻《ひさ》ぐ哥薩克の土小屋、そっちには、移民。

男は、処女地を耕します、正《まさ》に露西亜の男が、正に犂《プルーグ》で。もう一人の男は、野から戻ります。

女は、牛を追います。土小屋は、六つか七つあるものの、人が住まって烟《けむ》りが颺《あ》がるのは、二つ切り、残りは、廃《すた》れ屋。主人は、黄泉《よみ》の客となったか、露西亜へ帰ったか、或いは、土地を《探す《シュカーチ》》ために何処か《セミレーク》へでも向かったか、したのでしょう。

これらの矮い土小屋は、低い星々が荒野や未開の曠野の空でもう眴《またた》き始めた晩の今……。そして、これらの孤独な人は、農夫と女は、鉄路から千露里、母国から幾千露里も離れた、ここで……

何かが、湧き上がってきます、魯浜孫《ロビンソン》漂流記の生活への幼年期の憧れではない、杜翁《トルストーイ》の入植地《コロニー》への青年期の憧れではない、何かが……。何もない処から美しく好ましく始めると云うそんな露西亜の夢想家の想い《ドゥーマ》ではない、何かが。

抑々《そもそも》、裸の始原《ゴローエ・ナチャーロ》は、そんな美しいものではありません。処女地を起こすこの犂《すき》も、他人《ひと》の手で鍛《きた》えて造られたもの。この明るい色の頤鬚《あごひげ》の男も、魯浜孫《ロビンソン》と云うよりは、宿無《ボシャー》し《ク》か流れ者《ブロヂャーガ》のよう、頻《しき》りに目を游《およ》がせており、《今にも凡てを抛《なげう》って《セミレーク》へと去っていく》かの如し。もう一人の黒い頤鬚の男は、もう一寸《ちょっと》慎重で腰が重い容子《ようす》。女は

……

「もう一人の女は、何処《どこ》？　或いは、独り身？」私は、明るい色の頤鬚の男に訊ねます。

「もう一人の女は——彼は、応えます——子を産み、寝ている」

「洗礼は、どうする？」私は、楽園を逐《お》われた最初の人間である亜當と夏娃が、どんなふうに荒野で子供に洗礼を施すか、気になります。

「洗礼は、どうする？　適當に。何時《いつ》か、改めて洗礼を授ける……。頤鬚を引っ張って司祭を網で捕まえる訣《わけ》にもいかん」

私の連れの吉里吉思人も、女も、みんな、大笑い。諧謔《ユーモア》と露西亜人は、切っても切れません。

「女は、怕《こわ》がらない？」

「司祭なしで？　彼らが、何になる。女が困るのは、傍《そば》に母親がいないこと。でも、男は、そんなこと、気にしない」

「小屋の中へ」

みんな、土小屋へ潜り込みます。

私は、忽ち気に入ったこの荒涼たる曠野と、樹々のない幻想的な黒い山々と、垂れ下がった低い星々と、一晩、お訣《わか》れし、亜當と夏娃の土小屋へ、潜り込みます。

「貴方たちが、どのように、何のために、どうして、ここへ来たか、聞かせて欲しい」

「私は――明るい色の頤鬚の男が、口を切ります――西比利亜を隈なく渉り歩き、セミレーチエにだけは行かなかったが、凡《あら》ゆるものを目にし、どんなお上《かみ》も怕《こわ》くない」

黒い頤鬚の男も、怕がらず、彼は、クロパートキン（訳註　露西亜帝国の軍人、日露戦争時の満洲軍総司令官アレクセーイ・ニコラーエヴィチ・クロパートキン一八四八～一九二五）の前でも、《こんな

ふうに彳《た》っていた》

「お上のことは、兎も角、自身のことを、聞かせて欲しい、貴方たちが、露西亜と西比利亜を流離《さすら》って目にしたことを」

二人は、頸条《うなじ》を掻き、目を合わせ、何から始めようかと、思案顔。

「みんな、話したら——黒い頤鬚の男が、口を切ります——聞き惚れちまう。この人の処に、蓄音器《グラモフォーン》があった」

「蓄音器！」

「待った《ポゴヂー》！——明るい色の頤鬚の男が、遮ります——私たちは、先発の車輛でここへ向かった。派遣民《ホドーク》（訳註　東部の無住地を査《しら》べるために欧露の過密地から遣わされた農民）が、私たちを案内し、《私たちは、水の奥の曠野《ザヴォードナヤ・スチェーピ》へ向かう》と云う。私たちが、《水の奥の曠野とは、どんな曠野？》と訊くと、彼らは、《名の由来は、自分たちにも分からん。けれども、生きた境界までだけでも、この上なく素晴らしく、澄み切った澤が、真ん中を流れている》と云う。私たちは、陽気に、至って陽気に、進んでいく。町では、お上の許へ罷《まか》り出る。《みなさんは——相手は、訊ねる——水の奥の曠野へ行くつもり？》私たちは、《水の奥の曠野へ行くつもり》と応える。私たちには、百留《ルーブリ》づつ与えられた。向こうへ着くと、何もかも、聞いた通り、土地は、露西亜のより薄いものの、悪くなく《ニチェヴォー》、何もかも、派遣民の云う通り、生きた境界も、何もかも。後で気附くと、澤がない?! 私たちは、派遣民に詰め寄る、澤は何処? 彼らは、《心配ご無用、何処かにある》と応える。探した、一日、二日……。訣が分からん、澤がない。水が毫《すこ》しもない……」

「何処へ消えた?」

「何処へ消えたか、自分たちにも分からない。水がない。その辺にないか、探し始めた。すると、私たち、気に入った、魚の棲む湖があり、然《さ》ほど好い土地ではないが、草原があり、市場も近い。但、そこには、吉里吉思人が住んでいる。どうしたものか?」

明るい色の頤鬚の語り手は、話しを歇《や》め、黒い頤鬚の男を見ました。二人とも、何やら極まり悪げに、私の舌人である吉里吉思人を見て、もう一度、目を合わせると、稚児《おさなご》のように、くすっと鼻を鳴らします。

「勿論、私には、熊手」黒い頤鬚の男は、笑って云います。

そして、また、くすっと鼻を鳴らします。

「私には、轅《ながえ》」明るい色の頤鬚の男は、云います。

二人は、怕々《こわごわ》と客人《まろうど》の吉里吉思人を見ましたが、吉里吉思人は、その面《つら》を見て笑い出しました。

すると、みんなが、どっと笑い出しました。そして、話しの敏感《デリケート》な難場を、実に愉快に円滑に切り抜けたので、私は、自分たちの伝説のことを考えませんでした。最初の人間の末裔が神をうんざりさせたとか、神がまた亜當と夏娃を創造したとか、神が他人に土地が占有されたのを失念してまた二人を追放したとか、そんなことを。

私は、そんなことを悉《すっか》り忘れ、熊手と轅だけが、滑稽な一口咄《アネクドート》しのように、脳裡を過《よぎ》ります。

そう——語り手は、続けます——その後、長官が、私たちの許へ遣ってくる。私たちは、お上を然《しか》るべく畏《かしこ》まって迎えるべきだったのに、蓄音器を鳴らした。蓄音器は、舞曲を奏し、お上は、小躍りし、云った。《私は、貴方たちは餓死寸前かと案じていたが、ここでは、蓄音器が鳴っている。ここは、悪くない、悪くない、実に悪くない》。私たちは、こう応えた。《貴殿、私たちは、お上を何時も歓迎する、吉里吉思人のことで、紙に署名して欲しい……》。すると、相手は、こう云う。《紙を、呉れ》。私たちは、右往左往、紙が、ない。

「私の妻が……」黒い頤鬚の男は、云います。

正に、貴方の妻のせいで――明るい色の頤鬚の男は、厳しく云います――凡てが、起こった。彼の妻は――彼は、私のほうを向きます――櫃《ひつ》の鍵を持って、牛を迎えに行った。紙は、櫃の中。烟草を巻けるくらいの紙片《かみきれ》があれば、何事も無かったろうに。私たちは、紙を捜しに捜した。私たちは、云う。《貴殿、紙が、ない、女が、鍵を持っていった》。《ない？　何、大丈夫、また、作れる》。そして、去った。

結構。けれども、私たちの土地に住む吉里吉思人は、温和《おとな》しくならなかった。《貴方たちは――彼らは、叫ぶ――私たちを落魄《おちぶ》れさせた、さぁ、喰わせて貰おう》。勿論、私たちは、彼らをしたたか撲《なぐ》った。彼らは、湖の向こうの郷《ごう》の長《おさ》である裕福な吉里吉思人の許へ愬《うった》えに行った。その人は、富裕で賢く、彼らは、彼の許で羊さながらに暮らしている。

《結構――私たちは、云う――貴方たちは、自分たちの皇帝《ツァーリ》に愬《うった》え、私たちは、自分たちの皇帝に愬える。私は、穀作をし、貴方たちは、羊を牧《か》い、私は、自身のためにでなく、

官府のために為《や》る》
私たちの長も、遣ってくる。《兎に角――彼は、云う――去りなされ。区画は、計画になく、私は、お上に、五千留《ルーブリ》払ってでも、貴方たちを逐い出してもらう》。《結構――私たちは、応える――お前さんには、五千留、私たちには、農夫の悪いお頭《つむ》》
私たちは、自分のことを、彼らも、自分のことを、捲《ま》くし立てる。
こうして、檀那《だんな》、私たちは、そのうちに、どうにか、土地を耕し、小麦を蒔き、それが、もう実りつつある。移住担當の長官が、哥薩克や吉里吉思人と共に、私たちの許へ駆け附ける。
《失せよ！》彼は、叫ぶ。《貴殿――私たちは、云う――貴方たちが、私たちに、住《とど》まることを許し、紙まで求めた》。彼は、聴く耳を有《も》たず、喚《わめ》き散らす。私たちは、また本人の言葉で凡《すべ》てを語り、紙のことに云い及んだ。すると、彼は、聞くに堪えない言葉を吐いたので、私たちは、その場で彼を殺めても責任を取らなかったろう。《奴らを擲《う》て――彼は、吉里吉思人に叫ぶ――奴らを燬《や》け！》
私たちは、阿呆でないので、それらの言葉を紙に書き留め、哥薩克や吉里吉思人に逼《せま》る。

聞いたか？　署名せよ！　彼は、怖《お》ぢ気附《けづ》き、私たちは、勢い附いた。

その後、ほどなく、一番偉い長官が、市場へ遣ってくる。私たちは、派遣民が自分たちを瞞《だま》したことや、自分たちが土地を占有したことなど、彼に逐一語り、蓄音器や紙の一件に云い及んだ。《私たちは——私たちは、云う——閣下、自分のためにでなく、穀作のために、乃ち、官府のために、暮らす》。《有り難し、兄弟——彼は、応える——誰にも気兼ねなく、好きに暮らされよ》

ほどなく、測量士が、遣ってきて、私たちに好きなだけ土地を分与し、目路の限り、凡《すべ》てが、私たちのものに……

「二《ふた》家族に、こんなに？」私は、信じられません。

「なぜ、二家族、私たち、二家族だってかい」

「もう一《ひと》家族は、何処？」

去っていった。《土地は——彼らは、云う——痩せており、旱《ひで》りがあり、夏にもう霜が降りる》

「吉里吉思人は？」

「私たちは、吉里吉思人に子供のようにジャーモチキ（訳註　原義は、薄荷《はっか》入り糖蜜菓子）を与える」

語り手は、これで話しを了《お》え、私たちは、みんな、新しい土地のこの土小屋で寝に就きます。そして、明くる朝、私は、この話しを書き留めながら、彼らが吉里吉思人に与える《ジャーモチキ》とは何か、訊ねます。

「ジャーモチキ！――不逞の輩は、笑い出します――ほら……」

彼らは、曠野や、草原や、耕作には不向きながら黒土も散在するために分与されているこの鹽類土の澤山の曠野を、手で指します。土地は、耕作には凡《およ》そ不向きですが、牧夫には入り用。そこで、移民は、逐い払われた吉里吉思人にこれらの土地を《一片、二十五留》で貸し、それを《ジャーモチキ》と称んでいるのです。

「彼らは、大丈夫《ニチェヴォー》?」私は、駭《おどろ》いて、訊ねます。

「大丈夫。彼らが、私たちの畠を一寸でも踏み荒らそうものなら、私たちは、直ぐに彼らを擲《う》ち、彼らは、それを歇《や》める。私たちは、彼らに云う。《畠を耕し、町を築け》」

《もしも――彼らは、応えます――町に住めば、私たちは、兵に徴《と》られ、宗旨を替えら

れる》。私たちは、応えます。《外《と》つ国と異なり、私たちの君主に、信仰に因《よ》る迫害はなし》

Ⅲ　桃源《アールカ》

在り来たりな空間の感覚を懐いて、在り来たりな時空の丈尺《じょうじゃく》を具えて、西比利亜《シベリヤ》へ遣ってくると、途《と》んでもないことに。度量は、こちらの十があちらの百、こちらの二十があちらの二百、と云う感じ。

私は、荒涼たる曠野《スチェーピ》を、一日、六十露里《ヴェルスター》、進みます。時は、一日、二日、三日、四日と、過ぎていきます……

空と乾いた黄色い洋《うみ》。それから、また、山々、青い天幕、または、黒い石と化した濤《なみ》、もしも、近寄るなら。土壌は、尚《なお》も、鹽類土《ソロネーツ》。植生は、矮《ひく》い艾《よもぎ》、草本の《蕘檻褸《キペーツ》》、もしくは、薬局の入浴用の垢摩《あかす》りを想わせる丈が数俄《ヴェルショーク》　寸（訳註　一俄寸は、四・四五糎《センチメートル》）の《牛毛草《シチョートカ》》

土には、鹽《しお》が滲み込み、鹽類土の白い斑《ふ》が、雪のよう。土壌は、至る処、砂礫の層に覆われています。

時折り、私たちは、有るか無きかの遊牧《コチェヴァーヤ》の道を、または、私の案内人の吉里吉思人《キルギース》の云う《遊牧する《コチューユシチャヤ》》道を、見失うと、歩みを停め、こちらへ向かう騎《の》り手を待ちます。

「エィ、ベル・ゲ・レ・ゲト！――案内人は、彼に呼び掛けます――こっちへ来て」

相手は、露西亜《ロシヤ》人と見るや、匆々《さっさ》と遁げます。

「ベルゲ、ベルゲ、ベルゲ！」案内人は、空しく叫びます。相手は、疾々《とっと》と遁げます。

「ベルゲ・プケーチ、ベルゲ・プケーチ！」案内人は、聲を限りに叫びます。

騎り手は、追い附かれない位置で停まり、心置きなく私たちを眺めます。

吉里吉思人の処《ところ》では、人だけでなく馬も、曠野で行き遇うと停まります。

私たちは、部落《アウール》へ向かいます。裸の子らは、私たちを目にすると、隠れます。穉児《おさなご》は、露西亜の子供が狼に怯えるように、《オ・オロス》（露西亜人）と云う言葉に怯えます。私たちは、部落へ近附いて訊ねます、男、家にいる？

「ジョーク（いない）」女の聲が、包《ユールタ》の中から聞こえます。

けれども、男は、勿論、家にいます。

「ジョーク、ジョーク……」

荒涼たる曠野とそんなふうに怯える人々。力を注ぐ対象を覓《もと》めて彷徨《さまよ》う亜當《アダム》と夏娃《イヴ》が居を定めるのに適した土地を是が非でも見出だすと云う任を帯びた教養ある人の心境は、想像もできません。

或る時、私たちは、曠野で二つの白い點《てん》を目にし、おや、鷗、鷗、もう湖が近い、と想いました。ほどなく、二羽の鷗は、白い天幕と判ります。九月の末で、夜間は十《じゅう》。Rまで気温の下がる雪嵐《ブラーン》を伴う酷寒の天気が、続いています。誰が、そんな薄い天幕で暮らせましょう？

何と、そこでは、工科大の学生である彼得堡《ペチェルブールグ》の二人の乙女が、寝起きを共にしていました。どちらも、測量技師で、移民用の区画を割り当てています。二人は、綿入りの上衣を纏《まと》い、寒さに顫《ふる》えており、匆々《さっさ》と仕事を了えて彼得堡へ帰りたがっています。手當ては、一月、百留《ルーブリ》。金子《きんす》を得ると云う目的が、二人をこの未開の荒野へ逐《お》い遣《や》りました、亜當《アダム》と夏娃《イヴ》さながらに。別の処では、神学生や技術者に出遇います。彼らも、金子を得るために測量技師や水力工学者に。

「致し方なし——彼らは、云います——喰わねばならん、それが、端《はした》なくとも……」

けれども、自分の仕事を羞《は》じるのは、若者ばかりでなく、筋金入りの役人も、これは自分の所為《せい》ではないと頻《しき》りに辯《べん》じます。移動は、専ら彼得堡から指示され、移民は、専ら彼得堡の指示に従ってここで土地を得ます。派遣民《ホドーク》でさえ、彼得堡で予め定められた土地へ遣わされます。

そんな土地は、極く毫《わず》か、入手が難しく、競争が熾《さか》んだそう。

役人は、神が農夫でなく牧夫のために創造したこの山岳の曠野への移住には、共鳴しません。

「當地への移住は——彼らは、私に云います——政治的な目的で為《な》される、吉里吉思人《キリギース》は、順《まつろ》わぬ民。政治的な目的で！」けれども、私は、吉里吉思人の舌人《ぜつじん》と二人でもう幾昼夜も曠野を進んでいますが、誰かに襲われる気配はありません。逆に、この地にとっては、私のほうが、露西亜人のほうが、脅威。

人々は、肩を竦め、頬笑み、こんな問いが出た両知事の午餐のことを茶化しながら語ります、吉里吉思人は、順う民？

順わぬ？　まぁ、可《よ》いでしょう。けれども、なぜ、亜當と夏娃も？　彼らは、この荒野へ追放されるようなどんな愆《あやま》ちを累《かさ》ねたのでしょう？　彼らは、土地を探しているのに、干戈《かんか》が与えられている！　干戈は、何のため！　吉里吉思人を逐い出したいのなら、豚を飼えば、事足りる。吉里吉思人は、掟に拠り、豚が匂いを齅《か》ぐものを棄てねばなりません。豚の傍で暮らすのは、具合いが悪いのです。吉里吉思人にとって一番の干戈は、豚。

＊＊＊

四ヶ月、一滴の雨もなし！　露西亜の農地なら、大飢饉となっていたでしょうが、ここでは、そう騒ぐこともなし。腹の満ちた馬が、歩み、脂の乗った羊が、護謨《ゴム》の枕みたいな脂尾《しび》を揺らしています。それらの家畜は、枯れていても腹を満たす矮《ひく》い曠野の草、凍原《トゥーンドラ》の馴鹿苔《ヤーゲリ》に匹敵する甘藍《キペーツ》を、食んでいます。

けれども、家畜が腹を満たすばかりではありません。水も樹もない鹽分《えんぶん》を含むこの土地は、吉里吉思語で《アールカ》と称《よ》ばれ、これは、《山の脊》、《地の臍《ほぞ》》、世界一の邦《くに》、具象された桃源郷《アルカーヂヤ》を意味します。

ここでは、黄色い丘々の波打つ曠野が、時折り、非道《ひど》く風化した花崗岩から成る可成り隆《たか》い山々に変わります。小高い山谿《さんけい》には、絶好の家畜の越冬場《ケタウ》があります。風が、山から雪を吹き払い、家畜は、冬場に身を窶《やつ》して餌を探す必要もなし。ケタウは、地味が沃《こ》え、好い草が育ちます。なぜ吉里吉思人がこの荒野をアールカと称ぶのかとの遊子《ゆうし》なら誰もが首を捻《ひね》る謎を解く鑰《かぎ》は、正《まさ》にそこに。冬には、そんな避難場、乃《すなわ》ち、ケタウがあり、夏には、四周《ぐるり》の曠野が、一面の放牧場、乃《すなわ》ち、ジャイロウとなります。偏《ひとえ》にそうしたケタウや沃土のお蔭で、荒涼たる曠野を活かせるのです。夏、家畜が、ジャイロウで食《は》む間に、越冬場では、嫩《わか》い草が育ち、家畜の冬籠りの備えができます。

なのに、これらのケタウが、吉里吉思人から奪われ、亜當と夏娃が、そこへ住まわされます。

二人がそこで好く暮らせるかどうかは、兎も角、吉里吉思人は、落魄《おちぶ》れます。曠野は、耕作に用いるべからず。

あります。

議会《ドゥーマ》も官府も、これを辨《わきま》えており、吉里吉思人の越冬場を守る旨の七月三日の布令も、

「貴方たち、それ、守っている?」私は、地元の長官に訊ねます。

「守るとしたら——彼は、応えます——移民を何処《どこ》へ遣る? そうなると、當地への移住は、必要なし。私たちは、そう云った。彼らは、私たちに耳を傾け、条項を設けた。今は、こんなふう。

法令：越冬場は、守る。

条項：愈々《いよいよ》の場合は、守らない。

それで、私たち、守らない」

苦行者が已れの精神の不滅を悟るべく自然の掟を蔑《ないがし》ろにするのなら、分かります。けれども、亜當と夏娃の充足や福祉のみが問題なのに自然の掟を蔑ろにするとは、以《もっ》ての外。

露西亜人がアクモーリンスカヤ州（訳註　哈薩克斯坦《カザフスターン》北部の州）の耕作に適した沃土から吉里吉思人を逐い出して彼らにこんな最後通牒を突き附ける理由も、尤も。《私たちのよう

に、聚落《しゅうらく》を築いて暮らされよ、そのほうが、土地を活かせるし、同じ土地でより多くの人を養える》

けれども、自然が放牧用に定めた土地に農夫が住まわせられる理由は、よく解りません。

そして、誰に訊いても、応えられません。

露西亜人の襲来のために落魄れた吉里吉思人は、自分たちの桃源郷へと、牧夫の邦へと、遁《のが》れます。そこの肉は、素晴らしく、カルカラリーンスク（訳註　哈薩克斯坦中東部の町）の肉二磅《フント》（訳註　露西亜の旧い重量単位、一磅は、四〇九・五瓦《グラム》）は、ペトロパーヴロフスク（訳註　哈薩克斯坦北部の町）の肉五磅に相當。そこの馬乳酒は、素晴らしく、火酒《ヴォートカ》のように酔わせ、ペトロパーヴロフスクのそれは、水も同然。

さぁ、貴方たちの桃源郷で暮らされよ、云うべきことは、正にこれ。

否《いえ》、彼らは、そこからも逐われます。桃源郷は、無涯無辺。それは、夏場は野馬《クローン》だけが緑苑《オアシス》から緑苑へと馳せ航《わた》る餓えし曠野《ゴロードナヤ・スチェーピ》まで、続いています。彼は、そこへ行けば可《よ》いのです。そして、実際、冬場に、彼らは、そこへも入り込んでいました。吉里吉思人は、乾酪《クールト》や発酵乳《アイラーク》を摂りながら、耕作など凡《およ》そ考えられぬその土地で暮らせます。

曠野と交易する商人は、みんな、その地での耕作に異を唱え、こう云います。

「遊牧民の吉里吉思人は、決してここを去らず、吉里吉思人の仕事は、誰にも代われない。吉里吉思人は、乳製品を摂りながら、麺麭《パン》なしに暮らせる」

古老は、語ります。

「洪牙利《ハンガリー》は、文化的《クリトゥールヌイ》な邦だが、洪牙利人は、自分たちの家畜の群れを矜《ほこ》りに想う。耕作は、無くもがな」

吉里吉思人の言葉と生活を学んだ地元の小役人は、云います。

「放牧から農耕へと移った吉里吉思人の暮らしを、ご覧なさい、人類は、もしも従属民《ジェターク》の吉里吉思人のように定住していたなら、どれほどのものを失ったことか」

私は、従属民を観察します。彼らは、彼得堡から指定された訣《わけ》でなく、自然の掟に拠って自然に生まれた、この地で最初の農夫。

そして、自然は、遊牧から定住へと生活を改めたそれらの人にとって、遊牧民の意識の中ではそれらの無精者（ジェタークの意味は、寝ている！）にとって、私たちの称び方では無産者《プロレタリイ》にとって、何と厳しいことか。

けれども、遊牧民の吉里吉思人が従属民の同胞をこれほど蔑む理由を明らかにするには、ジャイロウとは何かを識る必要がありましょう。

吉里吉思人のアクィーン（詩人）で、ジャイロウの詩を詠まない人は、いません。吉里吉思人にとって、ジャイロウ（放牧、安寧、休息）へ赴くことは、凡《すべ》てです。私は、雪嵐《ブラーン》のために已む無く吉里吉思人の越冬用の泥煉瓦の破屋《あばらや》に泊まった折りに、畜糞の焚き火の烟《けむ》りに噎《む》せたり蟲に拼《せせ》られたりしながら、彼らの云うその《墓》が春に忽ちお役御免となって粘土と畜糞のその殻が毀《こわ》れて人が家畜の群れと連れ立って牧場《まきば》へ赴く時の遊牧民の胸の裡を想いました……

「手足、達者？――」一人の吉里吉思人が、もう一人に挨拶します。続いて、「家畜、達者？」

大事なのは、家畜。人は、冬を越せますが、家畜は、必ず越せる訣でなく、結氷があれば、氷を踏み抜き、脚を切り、命を殞《お》とし、疫病《ジュート》が、蔓延します……

貧しい人は、家畜を殆《ほとん》ど凡て失うことも。そうなると、ジャイロウへ赴く理由も、連れて行くものも、ないでしょう。彼は、牧《ぼく》せず、《寝ており》、彼は、従属者であり、彼は、土を掘り、小麦を蒔き、実を穫《と》り、碾《ひ》かずに獣脂で炒り、自分の《小麦《ビダーイ》》を食します。

ジャイロウとは、乃ち、曠漠であり、自由であり、要するに、動きです。詩人は、自分たちの春の遊牧をそのように讃美しました。従属者とは、乃ち、無精者であり、寝ており、この言葉には、《寝ている、なら寝ていろ》と云った蔑みが、籠められています。

慥《たし》かに、落魄れた同胞に対する詩人の見方は、余り道徳的とは云えませんが、美しいものもあれば、醜いものもあるからには、致し方ありません。

この地での耕作の自然な始まりも、人為的な始まりと同じように、美しくありません。

遊牧民の吉里吉思人の部落に泊まり、川の瀞《せせら》ぎでも遠い汽車の音でも平沙《へいさ》を渉る人々の跫音《あしおと》でもない眠る家畜の群れの音を耳にし、余所《よそ》からの客人《まろうど》に飛び切り上等の羊を振る舞う吉里吉思人を目にした、凡ての人は、後《のち》に、最初の農夫となった従属者に遇《あ》うと、愕然とします。

その人は、餓えた口や狼のような眸《め》を目の當たりにし、人間存在の堕落の極みとの印象を懐き、裏切られ盗まれて彼らの許を後にします。

氏族制の何よりの美徳は、歓待であり、自分たちに必要でも何でもないような人をも歓んで迎える精神が、物盗《ものと》りと云う真逆のものへと堕しています。

別の放牧地へ移る際に曠野に残る畜糞は、乾燥し、燃料となり、部落の傍に貯えられます。人と家畜が、そこを棲み馴らして汚し、自分を汚して敝衣《へいい》を纏って悪臭を放つ人が、餓えて歯を鳴らして相手の乾麵麭《スハーリ》を横目で見ながら、客を迎えます。一瞬でも、部落に物を放置すれば、誰もが、盗みます。彼らは、そのように客人を遇《あしら》います。そして、自分と同じように貧しく敝衣を纏う客人に食を乞われると、彼らは、獣脂で炒った一掬《いっきく》の小麦を恵みます。

《この一掬の小麦こそ――その時、客人は、想います――遊牧民の堕罪の証し》

何でも、五十年かもう少し前には、この吉里吉思人の桃源郷では、牧夫が、夏も冬も、家畜の群れと訣れずに、包《ユールタ》や天幕《コーシ》で暮らしていたそう。そして、今も、老人は、――もっと先のバルハーシ（訳註　哈薩克斯坦東部の湖）のほうに澤山いますが――それらの老人は、夏の包で冬を越し、《生きた儘で墓へ入りたくない》と云います。當時は、家畜も今より素晴らしかったそうで、冬も土地に縛られない主人は、自分で家畜を看守ることができ、その仕事を特別な人に任せずに済みました。恐らく、當時、吉里吉思人は、処に拠っては、小麦粉なるものを知らず、バウルサーク、乃ち、羊の脂で揚げた小麦粉の玉を、知らなかったでしょう。當今、吉里吉思人は、このバウルサークなしには済みません。もしかすると、今も吉里吉思人が乾酪《クールト》や発酵乳《オイラーン》しか摂らないのは、餓えし曠野《ゴロードナヤ・スチェーピ》の辺りだけかも知れません。

揚げ玉は、美味しい。そこには、進歩があるものの、それを食べる牧夫は、なぜか堕罪を犯しています。

この地で最初の農夫である従属者《ジェタータ》の生活よりも醜悪な生活が、この世にありましょうか。彼らを見ていると、定住の生活の裸の始原《ゴローエ・ナチャーロ》は、醜いものに想われ、こんなことが、自《おの》づと頭に泛《う》かびます、もしも最初からみんながそのように定住したら、どうなるか？　そして、移住の普遍の掟が、自づと想い泛かびます。乃ち、正しく好ましい定住の生活が、荒野を淵源とせず、自然が、凡《あら》ゆる手段で定住に抗《あらが》うとしたら、この地でより好ましい生活を営むのは、その淵源を自分の民族の歴史のより深い奥処へと溯《さかのぼ》らせることのできる人である、と云う掟が。そして、独逸人《ドイツ》が最良の移民であると云うのも、そんな理由からです。けれども、ここへ、この吉里吉思の桃源郷へ、カルカラリーンスキイ郡へ、彼らが、どうして遣ってきましょう?

(初出:一九〇九年十一月八、十五、十九日の新聞『露西亜報知《ルースキエ・ヴェードモスチ》』、亜當《アダム》と夏娃《イヴ》、副題:西比利亜《シベリヤ》の印象。)

黒い亜刺比亜《アラビヤ》人

長耳《ドリーンノエ・ウーホ》

曠野《スチェーピ》では、音沙汰《ノーヴォスチ》は、自《みづか》ら呱々《ここ》の聲を上げるか、異邦から舞い込むかしますが、孰《いづ》れにしても、それは、嚆矢《こうし》さながらに、騎《の》り手から騎り手へと、部落《アウール》から部落へと、直奔《ひたはし》ります。

時には、名騎手《ジギート》が、微睡《まどろ》み、靶《たづな》を弛《ゆる》め、音沙汰を逃しそうになることも、あります。

否《いえ》！　馬が、別の疲れて微睡《まどろ》む名騎手を目にし、自ら脇へ逸れて脚を停めます。

「ハバル・バル？（音沙汰、ある？）」

「バル！（ある！）」

馬は、安らい、騎り手は、語らい、烟草《たばこ》を齅《か》ぎ、散じます。至る処で、蜃気楼《かいやぐら》が、そんな出遇いを映します、歪んだ鏡さながらに。音沙汰は、曠野と真の沙漠の荒野の境目の辺りでのみ、凋《しぼ》みます、水なき羽茅《はねがや》さながらに！

人々は、灰赤《はいあか》の地は、草も音沙汰もなしに臥せり、星々は、そこが余りにも静かなため、怕《こわ》がらずに一番下まで降りてくる、と語ります。

善き人々は、道中では亜剌比亜人《アラビヤ》と名乗るよう、私に勧めました、私が、天方《メッカ》から何処《どこ》かへ向かっているかのように。《そのほうが――人々は、云います――早く着き、誰が話し掛けても、無駄、亜剌比亜人は、露西亜《ロシヤ》語も吉里吉思《キルギース》語も、珍汾漢汾《ちんぷんかんぷん》》。私は、この噂を流し、それは、長耳《ドリーンノエ・ウーホ》中《ぢゅう》に流布しました。

《黒い亜剌比亜人が、額に白い斑《ふ》のある駁《ぶち》の仔馬で、天方《メッカ》から至り、黙《もだ》している》

音沙汰は、雪嵐《ブラーン》さながらに、曠野を馳せ、真の荒野へ、静寂の域へ、灰赤の地へ、低い星々へ、達します。

けれども、そこへも鞍を載せた馬が駆け込む、と云います。そこでは、蹄鉄のない野馬《のうま》が、緑苑《オアシス》から緑苑へと音もなく馳せ航《わた》ります、黄色い簇雲《むらくも》さながらに。鞍を載せた馬は、それらの馬を目にし、眠る主人を尻目に後ろ脚で地を蹴り、卒《いざ》、然《さ》らば！

「ハバル・バル？」野馬は、訊ねます。

「バル！」蹄鉄のある馬は、応えます。

そして、黒い亜剌比亜人と駁《ぶち》の仔馬のことを、自分の言葉で語ります。馬は、馬の言葉で。私は、私の言葉で。

鹹湖《かんこ》の番人——そんな仕事も、あるのです——は、自分の小さな家から、噂を流します。

《天方《メッカ》から至りし亜剌比亜《アラビア》人には、なぜか、露西亜語の解る吉里吉思《キルギース》人と、二頭の馬と小さな荷馬車が、入り用》

ほどなく、誰かが、窓《まど》の下を敲《たた》き、こう云います。

「亜剌比亜人、ここ？」

「ここ、亜剌比亜人！」私は、応え、窓の外を覗きます。

鹹湖の岸には、小さな荷馬車と肥えた二頭の馬が、窓の傍《かたえ》には、短い革鞭《ナガーイカ》を手に寛《ゆる》い長衣《ハラート》を纏《まと》う吉里吉思人が、佇《たたず》んでいます。

「何、ご用？　私のこと、何処で知った？」私は、彼に訊ねます。

「長耳さ、お前さん」吉里吉思人は、そう応え、笑い出します。

砂糖のように皓《しろ》い歯が、水々しい朱い唇の輪の奥から燦《きら》めき、熟《う》れた甜瓜《メロン》のように黄色い顔が、円味を帯び、目は、一条《ひとすぢ》に。

私たちは、なぜか、長いこと、笑っていました。

彼の有《も》ち物は、孰《いず》れも、素晴らしく、馬も、荷馬車も、どの布も、どの紐も、何もかも、申し分なし。

「私の馬、太っておらず、痩せてもいない、毛色、青毛と鹿毛《かげ》。本當の話し」私の舌人《ぜつじん》とも伴侶とも莫逆《ばくげき》ともなるイサークは、云います。

「本當の、本當の」私は、彼に尾《つ》いて、繰り返します。

「お前さん、私を信じて——彼は、乞います——他の人、《これ、俺の馬！》なんて威張る、私、そんなことない」

二人は、忽ち、意気投合。

そして、駅逓《えきてい》馬車道から幾百露里《ヴェルスター》（訳註　一露里は、一・〇六六八粁《キロメートル》）も距《へだ》たった遊牧民の道を行く杳《はる》かな旅に、備えます。

「もし、殺《や》られたら？」私は、訊ねます。

「なぜ、殺られる？　私たち、他人《ひと》の馬や駱駝《らくだ》に手を出さない、大丈夫！」

そして、乾麵麭《スハーリ》や羇旅《きりょ》の品々を詰め、布や袋を聢《しっか》り括り、もう一度、みんな紐で紮《から》げると、私とイサークは、荷馬車へ乗り込みます。カラートとクラートと云う彼の馬は、淀みない小刻みな跑《だく》を踏み、私の駁《ぶち》の仔馬は、靶《たづな》に繫がれて後に続きます。すると、曠野の騎り手たちが、天末線《てんまつせん》に。長耳は、身構えます。

「ハバル・バル？」一人が、訊ねます。

「バル！——もう一人が、応えます——亜剌比亜人が、荷馬車に乗り、額に白い斑《ふ》のある駁の仔馬が、小刻みな跑《だく》足で後に続いている」

日影が、夜は冷えるこの古い地を温《ぬく》め、蜃気楼が、至る処で颺《あ》がります。駅逓馬車道の電信柱は、駱駝の隊商《カラヴァーン》のように揺れながら、私たちから遠離《とおざか》ります。その代わり、雁《がん》のひょろ長い首に載った頭が、列なり、鹹湖の岸に竝《なら》び、日に耀《かがや》いています、電信柱の磁器の碍子《がいし》さながらに。

私たちの遊牧民の道は、乾いた黄色い海で二疋の蛇が蜷《うね》るように、路傍の碧草《へきそう》に覆われた二条《ふたすぢ》の軌《わだち》となって、前へも後へも同じように続いています。湖は、荒野の惑わしの湖の一つは、本物の海のように耀いています。鳥が、水面《みなも》を舞い立ち、大きな双翼を展《ひろ》げ、こちらへ翔んできます。

すると、凡《すべ》てが、颯《さ》っと吹き払われたかのよう。湖も、鳥も、駱駝も、凡てが、片手でひょいと取り去られたかのよう。

犬が、耳を布巾《ぬのきれ》のように揺らしながら、こちらへ駆けてきます。

「カァ！」イサークは、自分の言葉で犬を呼びます。

犬は、嬉々として、金切り聲を上げ、駆け寄ります。私たちは、馬を停めます。それは、撥条《ばね》のように細身の黄色い曠野の波索爾犬《ボルゾイ》で、相手が仲間か否かを判じつつ、動物にしては恐ろしい藪睨《やぶにら》みで、こちらを見ます。

「カァ！」私は、犬を呼びます。

仲間に、非《あら》ず！　犬は、金切り聲を上げ、駆け去ります。けれども、余力は、有らず、道塗《どうと》は、二疋の蛇さながらに、何処までも続いています。

犬は、乾いた地面に坐り、吠えます。

「カァ！　カァ！」私たちは、最後に、もう一度、そう呼び、馬を駆ります。

犬は、温和《おとな》しく駆け寄り、ずっと私たちの犬になりました。どうやらご満悦の容子《ようす》で、何事も起こりません。どんな主人に仕えても、同じこと、前の主人であれ、後の主人であれ。荒涼たる曠野は、何処も彼処《かしこ》も同じよう。曠野の大きな日輪は、何処でも、一様に暉《かがや》き、眴《またた》かず、樹の蔭に隠れない！

光りと静寂……。犬は、温和しく駆けます。けれども、吠《ほ》え聲は、荒野に残り、藪睨みも、残ります。長耳は、吠え聲を耳にし、蜃気楼は、主人を失くした犬が私たちを見るのを、目にします。

空漠《ブースト》！

一体、誰のために、こんなに豊かで開けた日輪が、荒野で暉いているのでしょう？

片雲《へんうん》の影が、荒野の日輪が正《まさ》に誰のために暉いているかを示すかのように、頭蓋から頭蓋へと、骨から骨へと、移ろいます。それらも、自分なりに生きて吼《ほ》えて、荒野には、清《さや》かな寂寞《しじま》が、蜃気楼と共に、然《しか》るべく齎《もたら》されたのでした。

真昼近く、荒野の日輪は、白く見えます。私たちは、馬に水飼うために、井戸の端《はた》に留《と》まります。イサークは、長衣を敷き、神に祈ります。カラート、クラート、そして、駁《ペガートィ》は、イサークが祈り了《お》えるのを待ちながら、首を低《た》れ、自分で水が飲めないものかと井戸の穴を星のように覗いており、もしかすると、珈琲のような水の中に、溺れた曠野の野兎か野鼠を、見附けたかも知れません。

「神《アッラー》、神！」イサークは、長衣《ハラート》に平伏《ひれふ》し、また身を起こし、また平伏しながら、呟きます。

その黄色い顔は、枯れた羽茅と一つになったり、また碧落に映ったり。平伏し、平伏し、両手で頤鬚《あごひげ》を摩《こす》り、斜視気味の細い目を空へ向け、掌を合わせ、身を竦《すく》めます。

その時、西赤足長元坊《にしあかあしちょうげんぼう》（訳註　隼《はやぶさ》属の鳥）さえも、イサークの長衣の直ぐ脇の小鳥を狙って落ちるのを恐れませんでしたが、仕損じて曠野の彼方へ翔び去りました。イサークは、それを気にも留めず、尚《なお》も長衣の上に膝で彳《た》ち、掌は、矢張り恭しく合わさっていましたが、目は、祈りを忘れて鳥を追っていました。

白い大きな頭巾《ターバン》が、碧落の中で揺れ始めます。

「神、神！」イサークは、迅口《はやくち》で祈り始めます。

「僧侶《ムッラー》、来る？」私は、彼が長衣を荷馬車に引っ掛けた隙に、訊ねます。

「駱駝に跨《またが》る、烏茲別克人《ウズベーク》」イサークは、応えます。すると、また、凡てが、回々《フィフィ》教僧も、烏茲別克人も、吹き払われ、白い頭巾《プラトーク》を冠った女の名騎手が、馬を駆ってきます。彼女は、坊やを見失いました。

「お前さんたち、うちの坊や、見なかった?」女は、訊ねます。

「私たち、誰も、見なかった——イサークは、応えます——但、犬が、纏い附いた。この犬、お前さんのぢゃない?」

「否《いえ》!」女は、応え、イサークと私に何かを訊ね、馬を見ます。

「この人、訊いている——イサークは、通譯します——私たちが、駁《ぶち》の馬に騎《の》る亜刺比亜人を見なかったか、坊やを攫《さら》ったのは、彼ぢゃないか?」

イサークは、応えます。

「亜刺比亜人、荷馬車に乗り、烟草《たばこ》を喫《す》い、駁《ペガートイ》、井戸の端に彳《たたず》む」

すると、女は、哀しみにも負《め》げず、訊ねます。

「亜刺比亜人、何処へ、何しに?」

イサークは、説明します。

「亜刺比亜人、天方《メッカ》から至り、黙しており、坊やを攫ったのは、彼ぢゃなく、恐らく、女怪《アルバスティー》、黄色い髪の石女《うまずめ》」

女の騎《の》り手は、それに応えるように、短い革鞭《ナガーイカ》を馬に當て、駆け去ります。

私も、自分の駁《ペガートィ》に騎って、この女のように、蜃気楼《かいやぐら》の素《もと》であれたなら。

すると、私は、曠野の名騎手。頭には、緑の天鵞絨《ビロード》を縫い附けた若い羊の耳覆い附き毛皮帽《マラハーイ》。足には、柔らかい山羊皮の軽い履き物《イーチギ》、その上には、半毛氈《フェルト》で半皮革の重い長沓《サプトームィ》。上衣《ベシメート》の裾は、足に巻き附き、鞍に吸い附きます。黒い寛《ゆる》い長衣が、鞍も上衣も馬の半身も隠します。右手《めて》には、短い革鞭、左手《ゆんで》には、靶《たづな》。そして、私は、そんな寛衣に身を裹《つつ》み、額に白い斑のある駁の仔馬に跨《またが》ります。見掛けは吉里吉思人で、噂では亜剌比亜人の、私は、馬を進め、蜃気楼の種を蒔きます。

また、長耳の騎り手が、天末線に。二人が、私の行く手を遮るように、駆けてきます。けれども、私は、彼らの目を欺きます。重い長沓で駁《ペガートィ》の脇腹を突くだけで、頭の耳覆い附き毛皮帽の縁が、猟犬の耳さながらに捲《めく》れます。風が、唸ります。仔馬が、猛ります。曠野が、甦ります。曠野は、泯《ほろ》んでおらず、遍《あまね》く生きており、一面が、身を起こし、人に応えます。

「ベルゲ（ここへ）、名騎手！」背後で、そう叫びます。

私は、振り向きます。二人の騎り手が、ずっと後ろの路上に騈《なら》び、一人は、馬を捕らえる輪の附いた棒を手にしています。向こう側から、イサークが、彼らの許へ駆け寄ります。

「ハバル・バル？」みんな、鳩《あつ》まると、彼らは、訊ねます。

「バル！」イサークは、応えます。

そして、私を指差しながら、自分の言葉で彼らに語ります。すると、彼らは、蜃気楼でない本物の亜剌比亜人を目にし、彼に纏《まつ》わる物語りを耳にし、上機嫌。

「イオ・オ！」一人は、叫びます。

「エ！」もう一人は、応えます。

聞こえるのは、《オ》と《エ》だけ。

既《すんで》のことで、用事を忘れるところでした。何としたこと！　彼らは、牝の駱駝を見失いました。私たちは、その牝の駱駝を見なかったでしょうか？

否《いえ》！　私たちは、駱駝を見ませんでした。犬が、纏い附きました。坊やを見失った女は見たものの、駱駝は見ませんでした。

それでも、名騎手たちは、頗《すこぶ》る満足して去ります、亜剌比亜人に見《まみ》える眼福に与《あずか》って！

これで、彼らは、十年後、二十年後、毀れし車輪《スローマンノェ・コレソー》と云うその地へ来たなら、亜剌比亜人のことを悉《つぶさ》に想い出すでしょう。あの人は、緑の耳覆い附き毛皮帽を冠り、灰色の上衣を纏い、長衣の腰には、緋《あか》い幅広の帯《クシャーク》を締め、駁《ペガートィ》の額には、白い斑があった、と。

私は、自分の仔馬を劬《いたわ》り、またイサークのほうに乗り、私たちは、遊牧民の道を小刻みな跑足《だく》で進み、蜃気楼を目にします。

出遇いは、日の昏《く》れまでに、更に幾つか。塡められし井戸《ザコーパンヌイ・コローヂェツ》と云う土地の傍《そば》では、二人の名騎手が、私たちを停め、長いこと、イサークと語らっていました。

「何、話してた？」私は、訊ねます。

「矢張り、あの牝の駱駝のこと」イサークは、応えます。涸れた小川の滸《ほと》りで、石や頭蓋の夕べの影が曠野へ差した時に、二つ目の出遇い。

「今は、何、話してた？」私は、イサークに訊ねます。

「矢張り、あの牝の駱駝のこと」彼は、応えます。

日の昏れ近く、私たちは、轅《ながえ》を下ろした荷馬車を曠野で見附け、《これは、坊やを見失った女が、置いていった》と察します。その後、日の没《い》りまで、出遇った騎り手は、みんな、坊やを見失った女のことを訊ね、牝の駱駝の仔が狼に攫われたことを告げました。日輪が、曠野に触れそうになると、三羽の雁が、開けた処《ところ》から舞い立ち、湖の近いことが、判ります。漸《よう》く、いつもイサークが晩の祈りの前に沐浴をする頃に、私たちは、広いものの蘆《あし》に覆われた真水の湖へ、乗り附けます。

日輪は、日の昏れには、羞《は》じ入るかのようであり、回々教徒の吉里吉思人は、それは、嘗《かつ》て自分が神と看做されたので赧《あか》くなる、と想っています。イサークは、私がそう想いたいように日輪にではなく、ここからは望めないカアバ神殿に、祈ります。

「神、神！」彼は、長衣に平伏します。

狼と牝の駱駝のことを話していた二人の騎り手も、馬を下ります。すると、彼らの黒い長衣が、赤い空に映り、その姿が、日輪へ腕を伸べて現れたり、地面と一つになったり。

「神、神！」

今や、一面の曠野が、長衣を敷き、《神！》と呟きます。どの顔も、没《い》り日に照らされているものの、曠野の聖堂さながらの墳墓だけは、黒い儘。

イサークが祈る間に、私は、湖へ惹かれます。湖は、一露里近く蘆に覆われています。私は、有るか無きかの小径を辿り、私から凡てを隠す蘆の森へ入ります。その茂みには、雁が、棲み、山七面鳥《ドロファー》が、宿り、狼が、羊の脂尾《しび》を颯っと喫《く》い千切り、舌鼓を打ち、憩います。虎は、ずっと南にいますが、矢張り、そんな枯れた茂みの薄暗がりは、不気味。

小径は、イサークとは逆のほうへ折れ、湖から離れ、また何処かへ折れ、水を湛える穴へ至り、また何処かへ続きます。

盲《めし》いた小径。

何やら、小鳥の囀《さえず》り。

《何の小鳥？――私は、想います――生まれてこの方、こんな聲、聞いたことない。この小鳥、是非とも見たい》それで、私は、盲いた小径を辿ります。至る処で、あちこちの枯れ蘆の中で、駭《おどろ》かすような音がし、前方では、静まったりまた呼んだりする見えない小鳥の聲。

私は、歩を迅《はや》め、蘆原に逼る闇を遁れ、小径を逸れ、蘆をぽきぽき折り、仆《たお》れ臥し、竟《つい》に、没《い》り日の赤い光りと弥終《いやはて》の蘆の疎《まば》らな黒い網を瞭《はっき》りと目にします。

蘆の向こうには、小鳥など影も形も。私と日輪の赤い円盤の間には、聖堂のように隆《たか》い曠野の墳墓の黒い円蓋。その傍《かたえ》では、羊の群れが、脂尾を日に赤く染めて犇めき、牛に跨《また》がる老いた牧夫が、小鳥のように口笛を吹いたり時折り叫んだりしながら、悠揚と羊と共に進みます。

「チュ！」

「ベルゲ！」私は、こちらへ来て牛の上からイサークが何処にいるか見てもらおうと、老人に叫びます。

老人と牛は、それを耳にします。

「チュ！」老人は、羊に叫びます。群れ全体が、向きを変え、私のほうへ進みます。老人と牛が、後に続きます。

「手足、達者？」私は、吉里吉思語で老人に挨拶します。

「アマンバ」彼は、応えます。

「家畜、達者？」

「アマン。お前さんの手足と家畜は？」老人は、自分の言葉で私に訊ねます。

「アマンバ。アマン」私は、応えます。

私は、吉里吉思語では他に何も云えず、イサークのいる蘆を手で指すばかり。

私は、牛の角と角の間を撫でながら、云います。

「ジャクスィ、ジャクスィ！」

老人は、牛の上から蘆を眺め、イサークを見附けて欣《よろこ》び、事の次第を呑み込みます。

私は、親切な老人を撫でながら、云います。

「ジャクスィ、ジャクスィ、アクサカル、好い、好い、爺さん」

すると、親切な彼は、牛から下ります。

そこで、私は、幾頭もの鉤鼻で下唇の垂れた牡羊や頤鬚と角の生えた牡山羊や牝山羊や仔羊に囲まれた、その牛に跨り、湖の蘆の向こうのイサークに、聲を限りに叫びます。

イサークは、疾《と》うに祈り了《お》え、嫋《そよ》ぐ蘆の秀《ほ》を目印しに、私の動きを追います。手を振ります。自分のほうへ呼びます。

私は、羊に口笛を吹きます。

「チュ！」牛に叫びます。「ベルゲ」老人を呼びます。

羊の脂尾は、護謨《ゴム》の枕のように揺れ、その間の山羊の角は、生きた熊手のよう、みんな、進み、頤鬚の生えた山羊が、前を行き、老いた吉里吉思人が、後を行き、私たちは、イサークへ向かって行進します。

近くに、この老人の部落が、薄汚れた白い天幕の部落が、丸ごと見えます。主人は、私たちに、自分の処に泊まるよう勧め、仔羊を屠《ほふ》ると申し出ますが、私たちは、断ります。老人は、貧しく、部落は、汚く、湖畔は、快く、天気は、上々なので。老人は、イサークに何やら澤山のことを語り、私たちが焚き火用の乾糞《キジャーク》を拾うのを援《たす》け、数片の砂糖と乾麺麭を有り難く貰い受けました。

「彼、何、語った？」私は、後でイサークに訊きます。

「矢張り、あの亜剌比亜人のこと——イサークは、応えます——坊やを見失った女のこと、そして、牝の駱駝のこと」

夜、老人の娘が、揺籃《ゆりかご》の坊やの容子を見ようとして、坊やがいないのに気附き、包《ユールタ》を飛び出すと、亜剌比亜人が、駿の馬に騎《の》って坊やと共に曠野へ駆けていきます。その頃、牝の駱駝が、仔がいないのに気附き、吼え始め、我を忘れて、駆け出しました。女と息子たちが、後に続いて、駆け出しました。羊を牧《か》うために孤《ひと》り残るは、老いた部落の主人。

イサークは、貧しい老人に亜剌比亜人のことを凡《すべ》て語り、坊やを攫ったのが、亜剌比亜人でなく、女怪、乃《すなわ》ち、黄色い髪の石女《うまずめ》であり、駱駝の仔を攫ったのが、狼であることを、説明します。イサークに拠《よ》れば、老人は、漸く腑に落ちたようで、こう云いました。

「ィオ・オ、フダイ！　嘗て、石女は、泊まり込みで祈るために幾百露里も距たった霊峰アウリエ・タウに詣で、偉大なフダイは、それに報いて石女に子を授けたが、今や、石女は、貧しい人から坊やを攫うようになった。ィオ、フダイ！」

そして、老人は、頭《かぶり》を掉《ふ》ってこう云いながら、私たちの許を辞しました。

「おぉ、この石女たちめ！」

駁《ペガートィ》

一番星が、何時《いつ》どのように現れたか、私たちは、気附きませんでした。老人と語らっていると、日が没《しず》み、その間ずっと、部落《アウール》では、赤い夕日を浴びて、二頭の山羊が、喧嘩をしていました。老人は、家畜の群れを部落へ追い込み、私たちは、曠野《スチェーピ》で寝る支度を始めます。馬に、水飼い、餌を食ませ、その顋下《さいか》に、燕麦の袋を吊るします。馬の世話をしていると、雀が、荷馬車に鳩《あつ》まり、或る雀は、背凭《せもた》れの縁に静かに留《と》まって、赤い夕日に胸を晒《さら》し、或る雀は、荷馬車の上を駆け廻って、曠野でのその日一日の凡《あら》ゆる出来事について語らっているのでした。それから、私たちは、荷馬車から毛氈《コシマー》や乾麵麭《スハーリ》や茶や砂糖や肉を取り出し、曠野にずらりと竝べます。荷馬車の轅《ながえ》を持ち上げ、革紐を渡し、馬勒《ばろく》の革紐から湖水の入った薬罐《やかん》を地面すれすれに吊り下げます。イサークは、その薬罐の四周《ぐるり》に乾いた馬糞の玉を卒《そつ》なく恭しく配し、火を點《つ》けます。折り好く、宵の風が、荷馬車の下から幽《かす》かに流れ、青っぽい焔が、薬罐の下で炎えています。

その頃、部落では、老人の家族の残りが、家畜の群れの世話をしていました。彼らが、そこで何をするのか、私たちには、見えませんが、恐らく、馬や山羊や駱駝の乳を搾《しぼ》っているのでしょう。そこでは、誰かが、唱っていましたが、迚《とて》も素樸で単調なので、悪戯っ子が、馬穴《バケツ》の把《と》っ手をがちゃつかせているかのようでした。その歌が流れるなか、家畜の群れは、徐々に地へ臥せります。二頭の駱駝が横たわり、他の家畜もそれに倣い、歌が歇《や》んだ時、私は、一番星を目にしました。それは、銀の絲で私たちの許へ降ろされたかのようであり、迚も低くて大きいのでした。

「チョルパン!」イサークは、云います。牧夫の星は、家畜の群れが野から戻る頃に現れ、朝食みに出る頃に消えます。一番素的な、私たちの星。

勿論、それは、疾《と》うに空にありましたが、私たちは、その時に初めてそれに気附きました。一番星に気附くと、二番星も空にあり、目を凝らせば、三番星も四番星も。

もう少しあり、今や、私たちの頭上の至る処で、星坐が占いをしています。

容子が、遽《にわ》かに変わります。薬罐の湯が、滾《たぎ》り、注ぎ口から乾燥《キジャーク》へ撥ね零れます。しゅうしゅう、しゅうしゅう。イサークは、我に返り、薬罐を下ろします。すると、乾いた玉の小さな堆《やま》の中から、不穏な赤い焔が、薬罐を退《の》けた処《ところ》へ迸《ほとばし》ります。そして、小さいながら私たちの傍《かたえ》にある地上の焔のために、空が、低くて大きい荒野の星々と共に、悉《すっか》り消えます。

イサークは、それを気にも留めず、茶を淹れ、肉を煮る水の入った鍋を馬勒の端に吊るします。水の入った鍋が、不穏な赤い焔を隠すと、空が、また展けます。

茶が、入ります。私とイサークは、差し向かいに東洋風に胡坐《あぐら》を搔き、受け皿がなく絲《いと》底《そこ》に指を支《か》う中国の碗で、角砂糖を齧りながら茶を喫《の》みます。今は、寛《くつろ》いで星々について語らう時間。

私は、あの星について、何が云えましょう？　イサークは、砂糖の缺片《かけら》で、空を指します。

「どの星？──私は、訊ねます──あの星？」そして、私も、自分の砂糖の缺片で、北極星を指します。

イサークは、肯《うべな》う印しに、もぐもぐ云って、點頭《うなづ》きます。

私は、北極星について、イサークに何が云えましょう? そう、それは、不動の星。

「私たちの処でも、それは、不動の星」

「凡て、これは、遠古より、空に映る――イサークは、応えます――私たちの処でも、お前さんたちの処でも、何処《どこ》でも、同じ!」私は、駭《おどろ》きます。私たちの処では、それは、鉄の杭《ジェレーズヌイ・コール》と称《よ》ばれる。鉄の杭に近い二つの星、沍《さ》えた星と黝《くす》んだ星について、何が云える?」イサークは、また訊ねます。

「それは、小熊坐(訳註　小北斗七星)の尾の二つの星、私は、それについて、何も知らない」

「それは、白《ベールイ》と灰色《セールイ》の二頭の馬――イサークは、説明します――二頭は、鉄の杭に羈《つな》がれ、カラートとクラートが荷馬車の四囲《まわり》を巡るように、その四囲を巡る。そして、こちらの大きな七つの星――イサークは、大熊坐(訳註　北斗七星)を指します――七人《ななたり》の泥坊は、白と灰色の馬を盗もうとするも、二頭は、抗って盗まれず、尚《なお》も、鉄の杭の四囲を巡る。

七人の泥坊が、白と灰色の馬を盗む時、この世は、畢《お》わる。凡て、これは、遠古より、空に映る。どんな星にも、意味がある」

「あの星団は？」私は、昴《プレヤードィ》を指します。

「あの星団は、狼に怯える羊たち。どうやって羊が狼を遁《のが》れて鳩《あつ》まるか、知っている？」

「天には、狼もいる？」

「ほら、狼、お前さん！」

そして、砂糖の缺片で、天の狼（訳註　大犬《おおいぬ》坐の首星シリウスの漢名は、天狼星《てんろうせい》）を指します。

「地上と同じく、天上にも！」私は、駭《おどろ》いて、云います。

「曠野と同じく――イサークは、応えます――ほら、嬰児《みどりご》を捜す母親」

「もしかすると、亜剌比亜《アラビヤ》人も、いる？」

「エ・エ！」

「長耳《ドリーンノエ・ウーホ》も、ある？」

「エ・エ！」

私たちは、黙《もだ》します。星々は、息をするように頭上に眴《またた》き、荷馬車の傍《かたえ》の私たちに気附いたかのように頰笑んで囁《ささや》き交わし、迚《とて》も大きな族《うから》の歓びが、星から星へと銀河に遍《あまね》く氾《ひろ》がります。

星も、曠野の名騎手《ジギート》たちのように、星に訊ねます。

「ハバル・バル？」

「バル！　亜剌比亜人、星空の下、茶を喫す」

イサークは、枯れ蘆の茎に、乾糞で火を點《つ》けます。彼は、それで鍋を照らし、肉が煮えたか調べます。小刀《ノージ》で一片《ひときれ》切り、味を見ます。

鍋が、下ろされます。焚き火が、炎《も》えています。すると、星空が、また消えたかのよう。

地上の焰が、私たちの荷馬車と曠野の枯れ草の小さな円を、照らします。

私たちは、卓布の代わりに汚れた布巾《ぬのきれ》を敷き、手把《てづか》みで、愛犬に骨を抛《ほう》りながら、吉里《キル》吉思風《ギース》に啖《く》らいます。犬は、何処か荷馬車の下の暗がりで、こりこりと骨を齧ります。カラートとクラートは、もさもさと草を食みます。そして、何やら大きな鳥が、私たちの頭上で頻りにうぅぅと啼きます。私たちの傍《かたえ》に留まり、うぅぅと啼き、また暫く消え、またうぅぅ。それは、花嫁を失くした花聟と云われる鳥のユザク。

消え残る燐寸《マッチ》の雷光形《ジグザグ》の火のようなものが、赫《かがよ》います。馬たちが、嘶《いなな》きます。狼！

私たちが、その火へ向けて発砲すると、赤い火の束は、闇へすっ飛んでいきます。そして、犬の吠え聲と部落の響《どよ》めきが、銃聲に応えます。

「馬たち、何処？」

「あそこ」

私たちは、残りの茶を濺《そそ》ぎ掛け、馬糞の玉の火を消します。空は、夜徹《よどお》し、私たちに展かれていきます。月は、聖人の花冠さながらに、曠野の端に浮かんでいます。そして、空の別の端では、昴が、月影の下で消えていきます。怯《おび》える羊の群れも、狼も、嬰児《みどりご》を見失った母親も、銀河の一隅も。残るは、一番大きな星ばかり。

私たちは、荷馬車の両側の毛氈に、臥せります。私の枕の下には、耳覆い附き毛皮帽《マラハーイ》、足許には、重い長沓《サプトームィ》、脇には、鉄砲、上には、二枚目の暖かい毛氈。イサークの側《がわ》では、カラートとクラートが、私の側では、駁《ペガートィ》が、食みます。卒《いざ》となれば、毛氈を撥ね退け、狼を銃で威《おど》さねば。

私は、花嫁を戀う花聟の鳥のユザクが星々の下で大きな輪を画くのを、瞭《はっき》りと目にし、それは、頭上でうぅぅと啼き、静まるかと想うと、また近附きます。捜し、呼び、うぅぅと啼き、尚《なお》も、同じ輪を画きます。戀うる鳥の呻きは、荒野の夐《はる》か上とは云え星よりは下で、哀しげに遣る瀬なく響きます。

カラートが、近附き、荷馬車で体を掻きます。

「チュ、カラート！」イサークは、それに叫びます。

その馬は、私の側へ、駁《ペガートィ》のほうへ、移ります。これで、私の側には、二頭の馬。空では、七人《ななたり》のうち四人《よったり》の泥坊が、今夜は鉄の杭の近くの白と灰色の馬を誑《たぶら》かそうと、徐《しず》かに降りてきます。

《なぜ、あの星々は、あんなに低くて大きいのだろう？》私は、毛氈に裹《くる》まり、そう想います。そして、私には、それで私の下の地はこんなに乾いて古いのだ、と想われます。地が古いほど、星々も低いのでは、と。星々が、何を怕《こわ》がりましょう？

「チュ、クラート！」

私は、毛氈を展きます。二頭目の馬が、私の側へ移り、駁が、遠くへ去り、羽茅《はねがや》に舞い降りる星のような冱寒《モローズ》の光りの顆《つぶ》に覆われているのが、仄見《ほのみ》えます。

駁は、遠離《とおざか》り過ぎたのでは？　起きるべきか？　寒い。イサークは、眠っています。私は、耳覆い附き毛皮帽を冠り、起きたいものの、その代わりに、毛氈に裹まり、息で温もり、また想います。《駁は、あの星々を趁《お》って、遠離《とおざか》り過ぎたのでは？》すると、野《の》馬《うま》の黄色い簇雲《むらくも》が、奔《はし》り過ぎます、然《さ》らば、駁！

私は、起きたいものの、儘なりません。

駁は、もう荒涼たる曠野の一番端へ逼っているようです。地は、灰赤《はいあか》。星々は、降りて臥せります。野馬の黄色い簇雲は、奔り、駁を見ると、停まり、嘶《いなな》き、呼びます。星々は、海の舟を気遣う火花のように、揺れ、昇り、また降ります。駁は、隆《たか》い首を曲げ、荷馬車の傍の主人を片目で尻目に見ています。

《眠っている？　眠っている！》

荒涼たる曠野の夐《はる》か上で、蹄鉄が燁《かがや》きます。

野馬は、緑苑《オアシス》から緑苑へと馳せ航《わた》り、出遇うと停まります。

「ハバル・バル？」老馬は、訊ねます。

「バル！——若駒は、応えます——黒い亜刺比亜人は、曠野の端の荒野の傍で眠り、額に白い斑《ふ》のある駁《ぶち》の仔馬は、ここ」

「あちら、普通の地では、それは、額に白い斑のある駁の仔馬と称ばれるが――賢い老馬は、改めます――ここでは、その名は、自今《じこん》、永久《とこしなえ》に、白い星のある鹿毛《かげ》の駁の馬となららん」

曠野《スチェーピ》の怪《かい》

断食月《ラマザーン》が、太陰暦の第九月が、盡《つ》きようとしていました。霽《は》れた朝に、曠野《スチェーピ》の山々が、巨人の遊牧民の高い青い天幕さながらに現れました。曠野は、起伏し、道塗《どうと》は、波打ち、馬車の桁《けた》へ吊るした馬穴《バケツ》が、水を撥《は》ね零《こぼ》して鳴り始めます。

「これは、大地の脊、アールカの邦《くに》——イサークは、云います——幸いの邦！ そこは、羊の肉は、脂が乗り、馬乳酒《クムィース》は、酒《ヴィノー》の如く忽《たちま》ち酔わせ、牧夫にとって、世界一の邦」

山裾の七張りの包《ユールタ》が、七羽の白い鳥が翼の間に頭を隠すように、寝入っています。乙女が、石囲いの井戸の端《はた》に坐り、羊の毛を刈《か》っています。

「ジャナスは、私たちを迎える？」私たちは、異教徒が迦南《カナン》の地で亜伯拉罕《アブラハム》に訊ねたように、訊ねます。

「迎える……」

すると、老いた白髪の本人が、二人の息子と共に、包から現れます。三人とも、仔馬の毛皮を纏《まと》っています。老人は、胸に手を當てています。

手は、達者、足は、達者、羊も、駱駝も、馬も、達者、彼らも、私たちも、みんな、達者。神に栄えあれ、アマン！

息子たちは、包の毛氈《フェルト》の扉を一寸《ちょっと》持ち上げます。父親は、腰を跼《かが》め、入るよう促し、佳《よ》い音のする下げ飾りを附けた乙女は、羊の毛を乂りに井戸のほうへ駆けていきます。

牧夫の包は、気球のよう、上のほうには、開け閉めの孔。上には、碧落の輪、下の土間には、黒く焦げた三つの石と叉状《さじょう》の棒でできた灶《かまど》。カアバ神殿を向いた入り口の扉と反対側の灶《かまど》の奥には、絨毯を延べた客坐があり、絨毯の脇には、羽茅《はねがや》が生えています。四周《ぐるり》には、何から何まで、吊るされています。

主人は、自《みづか》ら手水《ちょうず》を客に給し、息子たちは、手拭いを用意しています。息子の一人は、鋭い不遜な眼差しで客人《まろうど》を瞶《みつ》め、もう一人は、黄色い跣《はだし》と棘髪《おどろがみ》が更に際立ってどこか優しく見えます。該隠《カイン》が農夫であり、亜伯《アベル》が牧夫であったことが、想い起こされます。

曠野には、未だ日輪があり、毛氈の扉を排して誰かが入ってくると、目が眩み、紫に赫《かがよ》う斜《なぞえ》と火の群れが、暫く颻《ただよ》います。主人の凡《すべ》ての相肖《あいに》た縁者が、続々と入ってきます。入ってきては灶の傍《そば》で胡坐《あぐら》を搔き、入ってきては坐り、誰かが、大きな古い書典の一節を朗誦しているよう、亜伯拉罕《アブラハム》は、以撒《イサク》を生み、以撒は、雅各《ヤコブ》を生み……

けれども、よく見ると、彼らは、みんな同じではなく、或る可成り肥えた人は、迚《とて》も小さな海豹《あざらし》のような頭をし、別の矢張り肥えた人は、黒い野鼠の尾のような髭が唇から垂れ下がり、三人目の肥えた人は、その尾が齧られており、四人目は、誰よりも小さく、顔が赤銅色。

彼らは、榻《ねだい》から馬の首輪の辺りまでぐるりと座を占め、黙って嘖め、口をもぐもぐさせています。

私は、もう丸一月、曠野の遊牧民の道を流離《さすら》い、分身の黒い亜剌比亜《アラビヤ》人も、私と共に流離っています。長耳《ドリーンノエ・ウーホ》は、彼の噂を遍《あまね》く伝えました。天方《メッカ》から至り、何処《どこ》へ行くとも知れない。それが、竟《つい》に現れました。

「亜剌比亜人、何処へ？」

能《よ》く見える曠野の目が、四方から喰い入ります。何処かで、皓《しろ》い鋭い歯が、亜剌比亜人を噛み砕いて正体を発《あば》こうとするように、半開きの口から燦《きら》めきます。すると、一人が、目と鼻の先に坐り、長いこと瞶めたため、草臥《くたび》れてしまい、枕の上に寝転んで、鼾《いびき》を掻きます。別の人が、近寄ります……

蜃気楼《かいやぐら》は、もう澤山……

「私、亜剌比亜人に、非《あら》ず！」

「イオ・オ！」海豹のような頭をした肥えた人が、叫びます。

「イオ！　神《アッラー》！　彼、亜剌比亜人に、非ず！」他の人たちが、云い出します。

そして、みんな、大口を開けます。

「彼、何者？　彼、何が要る？」

「彼、何も要らない――イサークは、説明します――こちらは、学者で、この人は、曠野から、何も採らない、硬いものも、軟らかいものも、苦いものも、鹹《しおから》いものも」

「イオ、フダイ、こちらは、祖先の霊、アウラフ？」

「否《いや》、この人は、乾麵麭《スハーリ》を食べ、茶を喫《の》み、草や羊や星や歌のことを訊《たず》ね、狩りをし、自ら炊《かし》ぎ、吉里吉思人《キルギース》のように手で食し、神に祈らない」

「魔鬼《シャイターン》?」野鼠の尾のような髭の生えた肥えた人は、呟きます。

「魔鬼にも、非ず——イサークは、請け合います——魔鬼は、肚黒いが、こちらは、彼《ペチェ》得堡《ルブールグ》から来られた優しい学究……」

「その右手《めて》の指、軟らかくない?」翳られた野鼠の尾のような髭の生えた肥えた人は、訊ねます。

右手の拇指《おやゆび》に骨のない人は、フィードィル、聖人。

みんな、手を瞶め、指に触れるも、私の指は、硬い。客人は、亜剌比亜人にも、アウラフにも、魔鬼にも、聖人にも、非ず。

イサークは、彼らに半時《はんとき》も一時《いっとき》も説明し、みんなの顔は、紅を潮し、目は、耀《かがや》くも、黒い亜剌比亜人の謎は、一向に解けぬ儘。

みんな、舌打ちをします。

「ジョーク! 否《いや》、解けぬ」

包へは、続々と新しい人が入り、みんな、灶《かまど》の傍《そば》に坐り、瞶《みつ》め、訊ね、みんな、舌打ちをし、云います。

「ジョーク！　否《いや》、解けぬ」

包の毛氈が、幽《かす》かに揺れます。誰かが、小さい孔を外から穿ち、細い黒い目が、そこに耀きます。目を凝らすと、それは隠れ、目を逸らすと、また覗きます。孔の開くほど瞶めると、それは消え、小さい孔が、星さながらに光り始めます。恐らく、その目は、それまでに、そんな細い黒い目に幾つも出遇ったことでしょう。そこには、女が、寄り鳩《あつ》まり、呫き交《ささや》わし、亜剌比亜人は、曠野の怪《かい》さながらに、留め針の頭ほどの極く小さい妖霊《ジン》から怕《こわ》い女怪《アルバストィー》へと身を変じます。誰が、知りましょう？　もしかすると、黒い亜剌比亜人の謎は、今、羽茅の茂みの戀人たちの接吻を妨げようとしているのではないか、もしかすると、石女《うまずめ》は、泊まり込みで霊峰に詣《もう》でようとする際に自身の清らな想いを擾《みだ》したのではないか？

けれども、万事、恙無《つつが》し。

誰かが、訊ねます。

「客人に、父親、いる？」

みんな、他愛ない問いに欣び、一寸《ちょっと》近寄ります。

「父親、いる」

「母親?」

「母親、兄弟、姉妹、祖母、祖父、みんな、いる。曠野のみなさんと、全く同じ」

「みんな、生きている?」

「みんな、生きていて、みんな、彼得堡《ペチェルブールグ》に住まう」

「イオ!」亜伯拉罕《アブラハム》に肖《に》た老人が、浮かれます。

「彼得堡に、家、そんなに、澤山?」

「幾千!」

「オ!」歓聲が、開いた口々から、上がります。

「彼得堡に、羊、いる?」亜伯拉罕は、訊ねます。

「いる、でも、曠野のみたいな脂尾《しび》はなし」

「どうして?」

「脂尾はなく、山羊の尻尾《しっぽ》」

頬笑みが、舌人《ぜつじん》の唇から、皓《しろ》い鋭い歯の並ぶそれらの開いた口の中へ、飛び火。火薬庫が、寛《ゆる》い長衣《ハラート》の下で炎上、私たちの気球は、炸《はじ》けて木っ端微塵、そう想えるほど、みんな、曠野で呵々大笑！

枕の上で寝入った人は、跳ね起き、目を摩《こす》り、何事かと訊ねます。

彼に、応えます。

「彼得堡の羊は、脂尾はなく、山羊の尻尾」

彼は、引き攣り、薙《な》いだ草のように、枕の上へばったり。みんな、抱腹絶倒。赤銅色の顔をした痩せた人も、野鼠の尾のような髭の生えた布袋腹の人も、彼に肖た別の肥えた人も、海豹のような頭をした人も、二岐《ふたまた》の頤鬚の生えた若者も、亜伯拉罕やイサークさえも。半身《はんみ》を起こし、客人を瞶め、また仰《あお》けに仆れ、長衣の腹を揺すります。できる人は、更に近寄り、尚も謎めいて怕《こわ》そうで優しい黒い亜剌比亜人を、撫で摩《さす》ります。

お下げ髪の硬貨の音が、薄い壁越しに響きます。羽茅の茂みの戀人たちも、怯えていません。霊峰の石女たちも、想いを擾《みだ》していません。この人は、この黒い亜剌比亜人は、恐るるに足らず、幾千年も、この地に暮らしているかのよう。

鷲

私たちは、狩り用の鷲や狗鷲《いぬわし》を捕りに、亜細亜野驢馬《アジヤのろば》に肖《に》た仔馬に騎《の》り、荒野の山カラダグを目指します。私の鞍には、鷲を捕る網が、括り附けられ、連れのハリは、囮《おとり》に使う斃《たお》したばかりの盤羊《アルガリ》（訳註、偶蹄目牛《ウシ》科羊《ヒツジ》属の偶蹄類）の血塗れで湯気の立つ心臓を、手にしています。カラダグ山の谿間《たにま》で、私たちは、獲物を狙って石のように落ちる鷲が網の目へ易々《やすやす》と翔び込んで翼をぐったり展げて搦《から》まるように、網を仕掛けます。私たちは、網の天幕に血塗れの心臓を置くと、近くの洞穴《ほらあな》に隠れます。洞穴の暗がりで、狗鷲《いぬわし》狩りの名人のハリは、夜徹《よどお》し、私に鷲の話をします。狩り場でどんなふうに野兎を捕まえたり狐の脊を折ったりするか、幼鳥の頃から手懐《てなづ》ければ狼さえも仕留める、と云ったことを。私たちが、夜徹し、鷲について喃々《なんなん》と談じ、空が白み、黒い山の秀《ほ》が赫《かがよ》い出すと、一羽の鷲が、私たちの谿間の上で輪を画いています。その滑翔は、余りにも穏やかで、少年たちが、何処《どこ》かで見えない絲を引いて紙鳶《たこ》を颺《あ》げているかのよう。それは、私たちの谿間の上で輪を画き、山の巓《いただき》に隠れました。勿論、獲物を目に留めましたが、直ぐには狙いませんでした。恐らく、向こうで仲間と相談するか巣の貯えを慥《たし》かめるかし、危険を冒したものかどうか思量するのでしょう。私たちが、洞穴の中で、気を揉み、息を潜め、鷲の出方を窺っていると、それは、翔び出し、また輪を画き、罠の真上で静止したかと想うと、盘羊の血塗れの心臓を目掛けて石のように落ち、私たちは、洞穴の中で、その音に耳を欹《そばだ》てます。

落ちたわぃ……

私たちが、罠へ駆け寄ると、それは、落ちて搦《から》まっていましたが、未だ鷲の性《さが》を保ち、嘴《くちばし》を開き、しゅうしゅう云い、怒りに羽毛を逆立て、頭を仰《の》け反《ぞ》らせ、目から黒い火を放っています。けれども、ハリは、それを気にも留めず、鷲を魚のように網で裹《くる》んで鞍に吊るし、私たちは、秋の朝寒の燦めきの中を、値千金の獲物と共に部落《アウール》へ凱旋。

部落は、歓びに沸きます。鷲は、そうそう網に掛かるものでなく、鷲を使う狩りの好きな裕福なマムィルハンに好い値で売れます。勿論、売る前に、鷲を手懐《てなづ》けて狩り用の鳥に仕立てなくては。

そこで、私たちは、鷲を手懐け、野兎を捕まえたり狐の脊を折ったりできるように仕込みます。秀でた鷲ならば、全力で駆ける狼さえも仕留められましょう。

私たちは、自分たちの包《ユールタ》の中の壁から壁へと綱を渡し、その中ほどに鷲を留《と》まらせ、脚を綱へ結わえ附け、頭に革の冠《コローンカ》を被らせ、それで目を隠します。脚を結わえ附けられて目を隠された鷲は、軽業師のように平衡《バランス》を保って綱に留まり、綱は、鷲が一瞬たりとも安んじて我に返ることがないように常に態《わざ》と揺すられ引っ張られ、鷲は、永久に我を失って自身の行いを主人の意に沿わせることになります。鷲は、人の友である犬のように従順になるのです。

包の中では、吉里吉思人《キルギース》の猟夫が、車坐になり、枕に背を凭《もた》せ、馬乳酒《クムィース》を酌《く》み、大の狩り好きで五千頭の馬を有《も》つ賓客のマムィルハンが、真ん中の上坐《じょうざ》を占め、仔馬の炙り肉《クヴァルダク》を啖《く》らいます。彼は、鷲から目を離さず、鷲が気を弛《ゆる》めたと見るや、合い図をし、吉里吉思人が、綱を引っ張ります。

猟夫たちは、鱈腹《たらふく》、羊と仔馬の肉を啖《く》らい、馬乳酒を飲むと、ごろ寝しますが、そんな時でも、鷲は、気が安まらず、用を足しに包を出る人は、その脇を通る序《つい》でに必ず綱を引っ張り、その度に、鷲は、翼が包の半分に及ぶほど大きく羽搏き、羊が缺《か》けていないか狼に狙われていないかと気を揉んで見に行く人も、その脇を通る序《つい》でに必ず綱を揺すります。寝返りを打つ人さえも、鷲が気を弛めたと見るや、短い革鞭《ナガーイカ》で綱を打ちます。そうして、一日、二日と過ぎ、目を隠されて責め苛まれて腹を空かした鷲は、辛うじて綱に留まり、羽毛を逆立て、翼を展げ、死せる鶏さながらに、今にも墜ちそうに綱にぶら下がります。すると、革の冠が目から外され、一片《ひときれ》の肉を見せられます、見せられるだけ！　鷲は、また身を起こされ、その肉は、煮られ、煮られた無血の白い肉が、ほんの一寸《ちょっと》与えられます。更に、二日、留め置かれ、責め苛まれ、それから、血が滴り湯気の立つ温かい生肉を見せられ、放されます。

今では、鷲は、肉を覓《もと》めて包の中を鈍々《のろのろ》と犬のように歩きます。マムィルハンは、得意げに頰笑み、猟夫たちは、笑い、穉児《おさなご》らは、纖《ほそ》い枝で鷲を打ち、犬たちは、どうしたものかと訝しげに躕《ため》らいがちに眺めます。羽根を見れば鷲なので、咬み附いても可《よ》さそうですが、人の友である犬らしく振る舞うのです。

「カァ！——吉里吉思人は、叫びます——カァ！」

鷲は、鈍々《のろのろ》と歩き続けます。そして、みんな、鳥の王《ツァーリ》を嗤います。

マムィルハンは、その鳥が甚く《いた》気に入りました。彼は、自ら《みづか》鷲を狩り場で試したくなり、馬に騎り、一片の肉を鷲に見せます。

「カァ！」

鷲は、彼の手套《ペルチャートカ》に留まります。

私たちは、野兎の多い荒野の山カラダグを目指します。すると、勢子《せこ》が、野兎を追い出し、叫びます。

「野兎《クヤン》！」

野兎は、私たちが鷲を捕った谿間を、駆けます。マムィルハンは、鷲の目から冠を外し、鎖を解き、放します。鷲は、谿間の空へ舞い《ま》颺《あ》がり、音を立てて石のように落ち、野兎を利爪《とづめ》で刺し、地面へ釘附けにします。

羽搏き、野兎をカラダグ山の巓へ運んで啄む《ついば》、それが、一番容易《たやす》いこと。鷲はそう考えているかも知れず、脚許から真っ紅な熱い血が流れ、目にはまた黒い火が炎え始め、翼が展いています……

次の刹那、鷲は、仲間のいる山へ翔び去って自由の身になれたかも知れず、手飼いの鷲は、二度と人の罠に嵌《は》まることもなかったかも知れませんが、マムィルハンが、間髪《かんはつ》を容れずに叫びます。

「カァ!」

そして、部落《アウール》で予《あらかじ》め用意した一片の肉を、長沓《ながぐつ》の筒から出して見せます。汗と乾溜液《タール》の滲み込んだ半乾きの肉片には、何やら屈強な鷲をも統《す》べる力があり、鷲は、愛しい山も族《うから》も未だ温かい貰い獲物も忘れ、マムィルハンの鞍を指して翔び、自《みづか》ら進んで目を冠で隠されて身を鎖で縛られます。マムィルハンは、魔法の肉片を長沓の筒へ蔵《しま》い、事も無げに野兎を手中に。

鷲は、こんな具合いに手懐けるもの。

狼と羊

老いし山羊が、頤鬚と角の生えた頭を、私たちの包《ユールタ》へ差し入れました。

「客人《まろうど》は、山羊と羊、どちらがお望み？」主人は、訊ねます。

「客人は、羊がお望み」イサークは、応えます。

「若いの、老いたの？」

「客人は、若いのがお望み」

老人は、夏に雨が尠《すく》なかったので若い羊が肥えていないのを詫びつつも、択《えら》ぼうとします。

そして、去ります。

巨きな黒い鉄の鍋《カザーン》が、灶《かまど》の三つの石の上に据えられ、馬穴《バケツ》の水が、鍋に満たされ、馬糞の玉が、火に焼《く》べられます。宴《うたげ》の準備。

足の黒い若い牧夫が、榻《ねだい》の上で唱い始めます。鈎鼻の羊や、客人や、五本の楊《トーポリ》の彳《た》つ谿間《たにま》や、その樹が枯れたことや、谿間には一本の枯れた楊しか残っていないことについて。

主人は、羊を連れて包《ユールタ》へ入り、客人に祝福を乞います。

イサークが、両手で頤鬚《あごひげ》を撫で、恭しい賢そうな目をし、呟くと、羊は、祝福されます。

少年は、榻の上で、尚《なお》も、足をぶらつかせ、詩をすらすら創り、二絃の撥絃楽器《ドムブラー》を掻き鳴らし、鈎鼻の羊の歌を唱います。

他の人より一寸《ちょっと》痩せていて赤銅色の顔をした人が、小刀《ノージ》を砥《と》ぎます。姥《うば》が、入ってきて、糞を火に焼《く》べます。下では、石の間で火が清《さや》かに赫《かがよ》い、上では、日の没《い》り前の夕空が覗きます。

羊が、縛られます。頭が、銅の桶のほうへ下げられます。血は、命、一滴も、地へ零されません。血が、茶炊《サモヴァール》の栓を拈《ひね》るように、桶の中へ迸《ほとばし》ります。上空は、次第に暗くなります。少年は、榻の上で唱います。私たちの焚き火に照らされた頤鬚の生えた山羊が、展いた扉から見えます。星の眴《またた》き。

海豹《あざらし》のような頭をした肥えた人が、羊の胸から毛の附いた儘の四角い肉を切り、それを叉状《さじょう》の棒で拡げて燔《や》こうとします。けれども、彼が、叉状の棒を拵える間に、肉は、筋《すぢ》が縮んで動き出します。

イサークは、隣りの人にそれを示し、その人も、隣りの人に示し、《肉、動く》と云うことが、包中《ぢゅう》に伝わります。議論が、起こります、そんな肉、食べられる？　みんな、狼に殺《や》られた仔羊の肉もそうだったことを、想い出します。すると、僧侶《ムッラー》が、許します、乃《すなわ》ち、今回も、食べられます。

肥えた人は、叉状の棒で肉を拡げ、炙《あぶ》りながら云います。

「これ、もう跳ねない」

赤銅色の人は、羊の頭を断ち、女に渡します。女は、長い鉄の串をそれに突き刺し、火の上で向きを変えつつ、毛を焼きます。頭が黒焦げになると、柄杓で水が注がれ、女は、流れ水で骨を摩《こす》り、女の指は、軋り、羊の頭は、見る見る白くなります。

赤銅色の人は、胴を切り分け、腑《はらわた》を取り出します。犬たちは、肉を齅《か》ぎ附け、包へ頭を突っ込みます。桶の血が、犬たちのために、注がれます。

女たちが、手を差し入れると、腸が、与えられます。更に、肺が、誰かの手に渡ります。竟《つい》に、赤い胴と白い頭が、黒い鍋の中へ下ろされます。血と火と水が、一つになり、颺《あ》がる湯気と烟りが、安らかな星々を隠します。

羊が、煮えると、矮《ひく》い円卓が、絨毯の前に据えられ、みんな、そこへ近寄ります。頭が、取り出され、一番美味しい耳が、切り落とされ、客人に振る舞われます。頭が、割られ、脳が、特別の碗に盛られ、葱《ねぎ》が、上から散らされ、汁が、鍋から注がれると、みんな、順繰りに碗へ手を入れ、一掬いづつ取り、脂塗れの手で鞍や馬勒や短い革鞭《ナガーイカ》を拭きながら、舌鼓を打ちます。一寸、食べると、愈々《いよいよ》、肉。

肉は、皿に山盛り。野鼠の尾のような髭の生えた二人が、肉を骨から切り離します。他の人は、肉を、手に把《と》り、鹽水《しおみず》に附け、嚼《か》まずに呑み込むように食します。迚《とて》も、忽《いそ》いでいます。歯が、燦めきます。白い骨が、見る見る殖えます。肉の堆《やま》は、消えていきます。犬たちは、また包へ頭を突っ込みます。

包の背後では、欠けた太陰暦の第九月が、余力を盡くして照っています。曠野《スチェーピ》には、沍《モロ》寒《ーズ》の光りの顆《つぶ》。羊たちは、首を鳩《あつ》め、寒さを禦《ふせ》ぎ、群れを成し、人の暗い天幕へ身を寄せます。狼の赤い目が、山の割れ目で光り、狼の銀の脊が、丘の上で耀《かがや》きます。けれども、優しい牧夫は、自分の羊を戍《まも》り、花嫁の乙女は、寝入らぬよう、夜徹し、歌を唱います。

透き徹る緑の月の波が、上のほうで揺蕩《たゆた》います。焚き火の赤い光りに照らされた牧夫たちが、羊を啖《く》い盡くします。肉は、無くなり、彼らは、白い骨を割り、髄《ずい》を出します。主人は、切り屑、残った肉片、忽《いそ》ぐ余りに汚い卓布へ落ちた諸々《もろもろ》を、手で掻き集め、施しを待つ極く貧しい人たちへ差し出します。何一つ、無駄にならず、女は、もう割られて齧られて汚い卓布に裹《くる》まれた骨さえも、吮《す》い盡くし齧り盡くすために持っていきます。みんな、綺麗に平らげると、夫々《それぞれ》の包へと散じます。

私たち、客人は、ぼつぼつ寝ようと、灼け焦げた石の間の焚き火を悉《すっか》り消します。上の孔から、月影が、灑《そそ》ぎ、包の中に置き去られた数片の骨や鍋の脇の頭蓋が、白く泛《う》かびます。みんな、先刻《さっき》の宴の跡に、身を横たえます。イサークは、紐を引きます。上の孔は、閉じ、気球に肖《に》た私たちの包は、曠野の空を何処《どこ》かへ天翔《あまが》けていくかのよう。花嫁の乙女は、眠る家畜の群れに旺んに唱い掛けるものの、寝入り、狼たちは、山の割れ目から谿間へ出て、光る目や耀く銀の毛を丘の蔭に隠し、匍《は》い進みます。包の近くの羽茅《はねがや》の茂みへ忍び寄り、更に逼《せま》り、跳ねます。

部落《アウール》では、谿間全体が撚《よ》った長い綱で截《た》ち切られたかのように、悲鳴が上がります。けれども、哮《たけ》り聲や響《どよ》めきや吭《のど》が潰れたような叫び聲には、狼に攫われた仔羊の静かな哀れっぽい呻き聲が交じり、それは、次第に遠く小さくなります。

それは、夢でなく、静まりゆく叫喚。今、イサークは、包の扉を排し、谿間を瞶《みつ》めています。遠い丘の巓《いただき》に、一頭の狼の脊が、銀の點《てん》のようにちろめき、その後《しりえ》を、犬たちの黒い點が、ぐんぐん離されながら、駆けています。部落中《ぢゅう》が、目を覚ましています。赤銅色の人は、銃を手に馬に騎《の》ります。みんな、彼に手で山を指します。彼は、點頭《うなづ》き、主人に誓います、狼に報いると。

「狼たち、何頭、攫った?」私は、イサークに訊ねます。

「三頭——彼は、半ば眠りながら、応えます——若いのを、三頭、そして、老いたのから、脂尾《しび》を六つ、啖《く》い千切った」

女たちは、長いこと、乙女を口汚く罵りました。みんな、寝静まると、乙女は、眠る家畜の群れにまた唱い始めます。彼女は、唱い、岩を縫う渓流が月影の下で潺《せせら》ぐように唱い、家畜の群れは、食み、息をし、幾千もの人が平沙《へいさ》を静かに歩むかのよう。狼は、もう襲ってきません。けれども、誰が、知りましょう？　もしかすると、今夜、新たな客人が、遣ってきて、また、牧夫たちが、一頭の羊を曳いてきて、焚き火の赤い光りの下で屠るかも知れません。それは、家畜の群れを戍《まも》る神々への生け贄《にえ》となりましょう。

家畜の群れは、人の棲み処へぴったりと身を寄せ、すやすやと眠ります。太陰暦の第九月の緑の波は、透き徹り、星々を隠さず、家畜の群れを護《まも》る花嫁の乙女の歌に和し、空で揺蕩《たゆた》い続けます。

斑蛇谿《ピョーストラヤ・ズメヤー》では、千古の昔からそんなふう。

朝、私たちが、目を覚ますと、赤銅色の猟夫は、もう焚き火の傍《そば》に坐り、自分が如何にこっ酷《ぴど》く狼に報いたかを語っています。彼は、山の洞穴《ほらあな》で、六頭を斃《たお》し、一頭を生け捕り、縄で縛り、毛皮を褫《は》ぎました。そして、彼が、縄を解くと、それは、遁げていきました。

「皮を褫がれて？」私は、魂消《たまげ》ます。

「皮を褫がれて――赤銅色の人は、事も無げに応えます――狼は、皮を褫がれても、一寸《ちょっと》は奔《はし》れる」

そして、夜の狩りの顚末を、語ります。

彼は、山の中で、月影の下、七つの真新しい足跡を見附けました。馬を下り、足跡を辿ります。狗鷲を捕る山の近くで、ちろめく狼を目にします。それは、見張り役で、他の六頭は、腹が満ちて眠っています。猟夫は、反対側から山へ上り、石の蔭から瞰《みお》ろします。大きな狼が、尸《かばね》のように眠っています。発砲すると、狼は、尾を掉《ふ》り、縡《こと》切れました。三頭が、こちらへ向かってきます。口笛を吹くと、停まります。一頭は、坐り、吠え出し、二頭目も、吠え出し、三頭目も、吠え出し、他の三頭も、それに応じ、斃れた狼へ近寄り、矢張り、吠えます。猟夫も、吠え出します。吠えて発砲し、石の蔭に隠れて位置を変えつつ、吠えて発砲します。軽い創《きず》を負った最後の狼は、山の割れ目へ墜ちました。猟夫が、それを捕らえ、皮を褫いで放すと、その黒い狼は、月下を三露里《ヴェルスター》ほど、すたこらさっさ。

赤銅色の人は、そんなふうに斑蛇谿で狼に報いたのでした。

「イオ、イオ!」他の人は、魂消ます。

「ジャクスィ、メルゲニ!」みんな、褒めます。

そして、呵々大笑、皮を褫《は》がれて月下を奔《はし》る狼が目に泛《う》かび、抱腹絶倒。

イサークは、紐を引きます。上の孔が、開き、日影が、灑《そそ》ぎ、包の裡を照らします。私たちは、旅の支度を始め、主人たちは、移動のために包を畳み始めます。私たちが、荷造りする間に、包は、畳まれました。私たちは、夏の牧場《まきば》を目指して前へ進み、彼らは、越冬の地を目指して後へ進みます。残るは、灼け焦げた黒い石と白い頭蓋ばかり。

黒い亜剌比亜《アラビヤ》人

部落《アウール》は、遷《うつ》り、井戸は、涸れても、私たちは、尚も、夏の牧場《まきば》を目指し、曠野《スチェーピ》の王《ツァーリ》と称《よ》ばれる大尽《バーイ》のクリジャの許を目指し、前へ進みます。

真水の湖が、赫《かがよ》います。鹿毛《かげ》の馬の犇《ひし》めく谿間《たにま》が、展《ひら》けます。クリジャの縁者、家畜番、そして、盗賊を脅《おびや》かす曠野の報復掠奪者《バランターチ》の部落が、始まります。牧夫たちの《至って賢い》判官である大尽のクリジャは、何時《いつ》でも、家畜の群れを掠め奪うことで、無法者に兜を脱がせることができます。

長耳《ドリーンノエ・ウーホ》では、駮《ぶち》の馬に騎《の》って曠野の王の許へ向かう変わり種の名騎手《ジギート》についての報せが、疾《と》うに流布していました。八千頭の曠野の馬の有《も》ち主は、凡《あら》ゆる毛色の最良の駿馬に騎《の》る十六人の若い名騎手を、異邦の客人《まろうど》とその連れの許へ遣わします。詩人、歌手、楽士、教師が、前を行き、狐や羊の耳覆い附き毛皮帽《マラハーイ》を冠って銀の彫り物で飾られた鞍に跨《またが》る若者たちが、後に続きます。

彼らは、鷗のように白い包《ユールタ》が犇めくクリジャの部落へ、私たちを導きます。部落で一番年嵩の白髪の長老《アクサカール》が、私たちを迎え、左胸に手を當て、曠野の王の包の入り口を塞ぐ毛氈《フェルト》を持ち上げます。包の中は、広間のように悠《ゆった》り。高価な絨毯や長衣《ハラート》が、鉄の枠を施した櫃《ひつ》に蔵《しま》われ、夏の牧場から越冬の地へと移る支度が、悉《すっか》り整っています。クリジャは、鷲や鷹を用いる狩りに興じながら、残りの日々を過ごしています。

今、彼は、扉と反対側の絨毯に坐り、長沓《ながぐつ》の筒を机にして書いています。金の刺繡のある天鵞絨《ビロード》の帽子が、《牧夫たちの父》の円い幅広で南瓜《かぼちゃ》に肖《に》た顔を、一寸《ちょっと》隠しています。黄漠《こうばく》に紛れ込んだ眠そうながら何でも見える小さい目、馬穴《バケツ》数杯分入る馬乳酒《クムィース》の槽《ふね》も隠せる寛《ゆる》い長衣、曠野は、自分の王をそのように鋳《い》て造ったのでした。

クリジャの背後では、正妻《バイビーチャ》が、中国の女神像のように凝坐《ぎょうざ》。左手《ゆんで》には、黄油《バター》の大きな塊りが皿に二つ、右手《めて》には、クリジャの子供である三人の青銅色の坊やが坐り、前には、曠野の王の正妻の矜《ほこ》りである勝家社《シンガー》の裁縫機《ミシン》が是《こ》れ見よがしに鎮坐。

私たちは、包の中へ入り、左胸に手を當てます。クリジャは、王たる自分の左胸に手を當て、私たちの手足が達者か訊ねます。私たちも、同じことを訊ね、腰を下ろしながら、こう問います。

「牧夫たちの父は、彼の許を目指して既に一月曠野を進んでいる私たちのこと、聞いた?」

「エ!」クリジャは、肯《うべな》う印しに、黙頭《うなづ》きます。

「長耳中《ぢゅう》が?」私たちは、訊ねます。

「言葉は、長耳中の曠野を駆け巡る——曠野の王は、応えます——言葉は、偉大だが、亜當《アダム》の族《うから》を泯《ほろ》ぼしもする。今、言葉は、善い客人についての報せを齎《もたら》し、私たちは、欣び、善意を懐く善い客人ならば、羊が、二頭の仔を産む。けれども、長耳は、悪い客人についての報せも齎し、そんな客人が訪れた後には、狼が、最後の羊を攫《さら》う」

「エ!」詩人、歌手、楽士、教師が、黙頭きます。

「客人を私たちの許へ連れてきたものは、何?」クリジャは、訊ねます。

「邦《くに》を、見たい——私たちは、応えます——人々が、万民が、千年一日の如く暮らす、邦を」

「邦の窪や穴は――牧夫たちの父は、応えます――未だ一寸しか見ず一寸しか知らぬ人のために、存在するが、実は、凡《すべ》て、単純明快。とまれ、この場合、客人は、正しい、ここは、世界一の邦、アールカ、乃《すなわ》ち、大地の脊。客人は、過《あやま》たなかった。客人には、ここで見るべきものがある」

曠野の王は、詩人に合い図。彼は、扉を排し、私たちは、牧夫たちの幸いの邦アールカを見るために、外へ。

日が、昏《く》れます。家畜の群れが、鳩《あつ》まり、今が、曠野で一番好い時間。人々が、何処《どこ》かで、野馬《のうま》を捕まえようと、丘から丘へと趁《お》っています。牝の駱駝たちが、我が仔を振り返りつつ、濶歩しています。山羊たちが、前を、羊たちが、後を行きます。家畜の群れが、四方から鳩まります。晩には、曠野が、愛を営み、凡てが、一つに。

「これ、私の家畜の群れ」主人は、指差します、一方を、もう一方を、三つ目の方を、四つ目の方を。

曠野の王である首長の牧場が、溝もなく柵もなく四方へ展《ひら》け、谿間には、クリジャのおじゃ兄弟や別の兄弟の包が、白く見えます。丘の向こうには、聟や嫁の父親が住み、山の向こうには、別の聟や嫁の父親、そして、裕福な人のために働く大勢の貧しい人が、住みます。今、日は、没《しず》みゆき、家畜の群れも、そこに鳩まります。生きた曠野全体が、一つに。

白い頭巾《ブラトーク》を冠って手に馬穴を提《さ》げた女たちが、家畜の群れを迎えに包を出ます。

「これ、母親の包——主人は、大きな白い包を指差します——これ、正妻の、これ、副妻の、これ、亡き兄弟から私に遺された妻の」

凡ての包が、大きな弧を画いて竝《なら》び、隙間が家畜で埋まるのを待つかのよう。

仔羊と仔山羊は、放されたり、羈《つな》がれたり。一日中《ぢゅう》離されていた仔は、母親を見附けて欣び、その乳首へ鼻をぐいぐい。搾乳《さくにゅう》用の羊や山羊の仔は、羊縛《オフツェヴァージ》と云う長い紐に頭を列ねて結ばれます。女たちは、乳を搾《しぼ》りに家畜の群れの中へ入ります。男たちは、馬の後ろ脚を心して手で把《つか》みながら、女たちと同じように乳を搾ります。女の子は、山羊を相手にし、男の子は、二頭の羊に乗って駆け、三人の小さな青銅色の神は、一頭の馬に騎《の》ります。至る処で、乳が、注がれます。羊の乾酪《チーズ》の匂いが、ぷうん。仔羊や仔山羊の喚《な》き聲は、どんな会話も掻き消すよう。

曠野の王は、自分の富みを客人に披露し、欣快の至り。彼は、自《みづか》ら家畜の群れへ近寄り、山羊の乳を搾る女たちを目にし、仔を囮《おとり》に巧いこと馬や駱駝の乳を搾る牧夫たちを目にし、家畜が犇めく輪の真ん中へ来ると、群れに埋まり、大きな羊に跨《またが》り、その額の毛を毟《むし》り、印しにします。

隣りの部落が、客人や歓迎の宴を嗅《か》ぎ附けました。白い頭巾《ターバン》を巻いた二人の僧侶《ムッラー》が、先《ま》づ遣ってきて、赤い斜陽に照らされた羊に跨る主人から目を離さずに、地面に胡坐《あぐら》を掻きます。判官《ビーイ》であるクリジャのおじが、遣ってきましたが、鞍に跨るその巨軀は、脂肪のために傾《かし》いでいます。彼と共に、その息子で白隼《しろはやぶさ》に肖《に》た鉤鼻の麗しい若者であるアウスパンも、白い鷹と鷲木菟《わしみみずく》を手に遣ってきます。白毛の中近東産乗用馬《アルガマーク》に騎《の》ったクリジャの別のおじも、青毛の中近東産乗用馬に騎った三人の連れと共に、遣ってきます。亜伯拉罕《アブラハム》に肖《に》た斑蛇《ピョーストラヤ・ズメヤー》貉のジャナスも、該隠《カイン》と亜伯《アベル》に肖た息子たちと共に、遣ってきます。彼と共に、海豹《あざらし》のような顔をした布袋腹の人と、野鼠の尾のような髭の生えた別の布袋腹の人と、齧《かじ》られた野鼠の尾のような髭の生えた三人目の布袋腹の人も、遣ってきます。曠野の隅々から、すらりとした山の住人や腹便々《はらべんべん》の谿の住人と云った騎り手たちが、寛《ゆる》い長衣を纏《まと》い、鞍橋《くらぼね》へ体を一寸傾け、白毛や青毛や駁毛《ぶちげ》や淡黄《たんこう》や鹿毛や栗毛と云った凡《あら》ゆる毛色の中近東産乗用馬に跨り、二人か三人か四人づつ列なって遣ってきます。隣りの部落からは、長老たちが、徒歩《かち》で鳩まり、クリジャの包の傍《かたえ》で車坐になります。遠くでは、客人のために馬が屠《ほふ》られ、包の中では、焚き火が燻《くす》ぶり、馬乳酒《クムィース》を泡立てる音がします。

麗しいアウスパンは、狩ったばかりの鷲木菟をクリジャに献じました。部落の佳人《かじん》たちは、その貴い羽根で緋《あか》い帽子を飾り、羽根を毟《むし》られた鳥は、殺《あや》められずに曠野へ放されます。赤條々《あかはだか》で頭でっかちのこの鳥が、ぴょんぴょん跳ね、美の生け贄《にえ》が、黒い風滾草《ペレカチー・ポーレ》（訳註　英名は、タンブルウィード）よりも恐ろしく雪嵐《ブラーン》の中を直奔《ひたはし》ることも、あります。

クリジャは、鳥を献じたアウスパンに深く謝し、副妻の包へその鳥を遣りました。日が没み、一番星が眴《またた》くと、主人は、正妻の包を手で指し、云います。

「口を開ける時！」

僧侶たちの白い頭巾《ターバン》が、扉口で屈み、それに続いて、判官や凡《すべ》ての客人の緑や大きな狐皮の耳覆い附き毛皮帽が、屈みます。最後に、詩人、歌手、楽士、教師が、中へ。

二人の僧侶は、カアバ神殿を向いた扉と反対側に坐り、他の凡ての客人は、僧侶の処から眠る鷲の辺りまで右手《めて》にぐるりと座を占めます。主人、妻、子供たちは、左手《ゆんで》に。みんなが、座に着くと、下僕たちが、更に大きな音を立てて革袋の馬乳酒を泡立て始めます。矮《ひく》い卓子の上には、砂糖容れ、その四周《ぐるり》には、麵麭《パン》の玉、揚げ麵麭《バウルサーク》、白や赤の糖蜜菓子《プリャーニク》、皇帝《ツァールスカヤ》飴の山、大きな黄油《バター》の塊りが二つ。巨きな黒い鍋に、捌《さば》いた馬の赤い胴の肉が、投じられます。

上には、薔薇色の空が、未だ見えており、そのため、誰も、卓上の大牢《たいろう》に手を伸ばすことも、馬乳酒の碗に唇を附けることも、できません。今は、回々教徒《フィフィ》が夜しか食べられない、大きな齋戒《ウラザー》である断食月《ラマザーン》。

けれども、主人は、異教徒の客人たちに、頤で黄油を示します。肉刀《ナイフ》や肉叉《フォーク》なしに、どうやって？　麵麭の玉で、刮《こそ》げ取る？

乾いた玉は、砕けてしまい、儘なりません。

クリジャは、頰笑み、黄油を手にし、皓《しろ》い歯を見せて、云います。

「齧る！」

次第に、暗くなります。主人は、馬乳酒の巨きな碗を膝に抱き、木彫りの大匕《さじ》で掻き廻しながら、客人の小さい碗に注ぎ分けます。口が、開かれ、体に好い甘露が、酌まれ始め、長衣の下に温もりと幸いを齎《もたら》します。

「学究の客人たち、見聞きした異邦について、どんな新しいこと、牧夫たちに語る？」

判官は、訊ねます。

「この間《あいだ》、私たち、目にした――私たちは、応えます――夏に日が没まず夜がない邦」

「そこの回々教徒、どうやって断食する？――僧侶は、色を作《な》します――客人、謬《あやま》っている。そんな邦、ない」

すると、みんな、牧夫に出任せを云う客人を、嗤《わら》い始めます。

主人は、客人を庇《かば》い、云います。

「そんな邦、ある！」

僧侶は、すっと立ち上がります。みんなも、馬乳酒を置いて、すっと立ち上がります。

議論と悶着が、起こり、私たちが最後に聞き取れた言葉は、《法《シェレガト》》。

万象《ものみな》、静まると、教師が、回々教徒たちが何を談じていたか、私たちに告げます。

クリジャは、地理のことを耳にし、それを信じ、世俗の科学を引き合いに出し、《世界に、日の没まない邦、ある》と云います。僧侶は、《そんな邦、ない。そこは、常に明るく、回々教徒、断食できない》と云います。クリジャは、尚《なお》も《地理》と云い張り、僧侶が、謬る筈のない法を引き合いに出すと、みんな、立ち上がり、別の更に賢い僧侶が《法、正しからず！》すると、みんな、立ち上がり、別の更に賢い僧侶が《日の没まない邦、あるが、回々教徒、そこにいない》と云う尤《もっと》もらしい発言で坐を執り成すまで、長いこと、喚《わめ》いていました。

みんな、これで吻《ほ》っとし、曠野の王へ碗を差し出し、馬乳酒のお替わり。酔わせる酸っぱい乳が、熱くなった心臓へ注がれます。アウスパンが座を立って銃を手に包を飛び出さなければ、何時までも酒が静かに酌まれていたことでしょう。

みんな、跫音を耳にし、狼が怯えた家畜の群れを追っていると察します。けれども、銃聲は、聞こえません。アウスパンは、新たな客人と共に戻ります。長耳の使者が、乗り附けたのでした。彼は、常歩《なみあし》で進み、鞍の上で微睡《まどろ》み始めました。日が昏れて、暗くなりました。名騎手が目を覚ますと、道はなく、山も部落もなく、至る処、星と狼の目ばかり。騎《の》り手《て》は、星々を頼りに、クリジャの部落へ。

「アマンバ、アマンバ！」迷い人は、焚き火に手を翳《かざ》し、繰り返します。

「アマン！――みんな、そう応え、訊ねます――音沙汰《ノーヴォスチ》、ある、ハバル・バル？」

「バル！――迷い人は、応えます――失われし斧鈆《ポチェーリャンヌイ・トポール》で、ヌル・ジェメリの許嫁《いいなずけ》の乙女、攫《さら》われた。花聟、婚資《カルィーム》を返すよう求めた。主人、断った。花聟、花嫁の父の馬を盗んで遁《に》げ、今、小川の滸《ほと》りに坐り、分捕った馬の一頭を啖《く》らう」

「誰、花嫁、攫った？」

「さぁ――客人は、応えます――曠野、でかい！」

「曠野、でかい！――曠野の王は、そう繰り返し、訊ねます――他に、何か新しいことは？」

「白い黒丸鴉《こくまるがらす》、目にした」客人は、応えます。

「白い？　僧侶、白い黒丸鴉、いる？」

「いる。」僧侶は、応えます。

「イオ！」みんな、魂《たま》消《げ》ます。

長耳の使者は、空焼けの前に、髪と目の黄色い女怪《アルバスティー》が駆けるのも、目に。

「それ、有り得る！」馬乳酒を酌む人たちが、云います。

「日の没《い》り後に、山羊が肺を咥《くわ》えて去るのも、目にした」

「それも、有り得る！」長衣を纏う人たちが、云います。

「夜が訪れる時に、黒い野兎も、目にした」

「黒い！　僧侶、黒い野兎、いる？」

「イオ・オ！」僧侶は、魂消、絶句、舌打ち。

「人々が鳥さながらに翔び始めたらしいことも、耳にした」

「イオ・オ！」

「人々が不動の星テミル・カズィクを空に戴く地へ至ったことも、そこに永遠《とわ》の闇があることも、耳にした」

「僧侶、そんな邦、ある？」

「ある」僧侶は、応えます。

「他に、曠野で、何か新しいことは？」馬乳酒を酌む人たちが、訊ねます。

「他に、何か？——客人は、繰り返します——黒い亜剌比亜人《アラビヤ》が、曠野を進み、聖人や悪魔《チョールト》に身を変じ、曠野から、硬いものも、軟らかいものも、苦いものも、鹹《しおから》いものも、採らない、と云う噂が、ここ二月、騎り手から騎り手へと、部落から部落へと、流布している」

「彼、ここ！」馬乳酒を酌む人たちが、そう告げると、客人は、口をあんぐり。

《否《いや》——私たちは、想います——ここに、黒い亜剌比亜人、もういない。この焚き火の傍に坐するは、寛《ゆる》い長衣を纏って緑の耳覆い附き毛皮帽を冠った一介の吉里吉思人《キルギース》、今では、みんな、彼を知り、彼は、みんなと同じ。その黒い亜剌比亜人は、尚も、野馬だけが緑苑《オアシス》から緑苑へと馳せ航《わた》る真の荒野を、低い星々を、目指す。今、真の亜剌比亜人は、その人であり、この人でない》

曠野の王は、夜徹し、正妻の包で宴を張りました。八千頭の家畜が、正妻の包と若妻の包を隔てて述《の》べつ幕無《まくな》しに食んでいます。太陰暦の第九月の残りの四半分が、照っています。明日は、それらの最後の包も、夏の牧場から運び去られます。雪が、曠野を覆い、何も、残りません。

気高い聖地巡礼回々教徒《ハッジー》の娘である若妻は、焚き火の前に坐り、乙女らしく爪を紅く染め、乙女らしく髪を十二条のお下げに編んでいます。緋い帽子を把《と》り、戀人に貰った生きた鷲木菟《わしみみずく》から貴い羽根を抜き、乙女らしく春らしく賢い鳥の羽根で帽子を飾り、お下げは、十二疋の黒い蛇のように羽根の下から小麦色の首へ垂れています。

八千頭の家畜は、みんな、眠っています。見張りの山羊のセルケさえも、膝を折っています。若い羊は、立ち上がり、脚で体を掻き、また臥せります。

乙女らしく装った妻は、音のする硬貨を手で押さえ、羽茅《はねがや》の茂みへ忍び寄り、呫《ささや》きます。

「妾《あたし》の銅の水差しさん、貴公《あんた》?」

「僕だよ、僕の唇薄き木のお椀さん――水差しは、応えます――僕だよ、舌、達者?」

「舌、達者、胸、傷む」

「胸、傷むなら、市場の苹果《りんご》、食べな」

黒い蛇が、黄色い顔に垂れます。黄色い月。黄色い苹果。戀人の黄色い頰。

「妾、黄色い黄色い辿《とて》も黄色い貴公、夢に見た」

「僕も、黄色いお前、見たけれど、お前の髪、僧侶の洋墨《インク》より黒い」

「貴公のも、愛しい人！」

「お前の眸《ひとみ》、焦げた木株より黒い」

「貴公のも」

「お前の頰、屠った羊の血より紅い。お前の胸、新鮮な黄油《バター》のよう。お前の眸、新月の利鎌《とがま》のよう」

「誓って——女は、乞います——月を向いて、拇指《おやゆび》の爪を曲げて」

男は、月を向きます。

……そして、朝、駁《ぶち》の仔山羊が、客人の包へ忍び込み、彼らの顔を舐め、目覚めさせます。曠野の王は、もう移動を命じています。

駱駝たちは、包の前に臥しています。女たちは、毛氈を外し、その瘤を裹《つつ》みます。男たちは、曲がった木の棒を抜き、その瘤に括《くく》り附けます。こうして、曠野の王やその母親や正妻の白い包や他の凡ての包は、次々に露《つゆ》と消えます。若妻の包を畳む時、羽根を悉《すっか》り搾られた赤條々《あかはだか》で頭でっかちの鶩木菟が、跳び出し、曠野へ奔《はし》り去りました。

隊商《カラヴァーン》も、同じほうへ進みます。

羽根を捲られた鷲木菟が、奔ります。黒い風滾草《ペレカチー・ポーレ》が、転げます。老いた鶴が、一隊また一隊と若い鶴を温暖な地へ誘《いざな》います。駱駝は、肉刺《まめ》だらけの幅広の蹠《あしうら》で、遊牧民の道の旧い足跡を踏みながら、歩を運び続けます。

隊商が、通り、曠野の騎り手が、出遇い、散じます。人々は、命の水の井戸を覓《もと》め、約束の邦は何処かと問います。

兀《は》げた丘が、鏡のように続きます。隊商は、この黄色い大地に消えます。駱駝は、力盡きて、脚を停めます。鳥のような首を、四方へ巡らします。分かろうとしても、分からない。想い出そうとしても、想い出せない。

駱駝には、考える時間も毫《わず》か、もう、雪が舞っています。

力無きものたちは、膝を折り、長い首を石へ伸ばし、空《から》の瘤を垂らし、涸れた井戸の端《はた》に臥せります。

利百加《リベカ》（訳註　旧約聖書に登場する迦南《カナン》出身の女性、以撒《イサク》の妻。「私は、汝の駱駝たちのためにも、飲み飽きるまで水を汲む。」創世記二十四章十九節）が、駱駝に水飼うために水差しを手に白い天幕から出てくることも、ありません。そこは、彼《か》の地でなく、迦南の地は、そこでないのです。

灰赤《はいあか》の草の餔《は》う、無人の真の荒野では、野馬たちが、黒い亜剌比亜人についての報せを、緑苑から緑苑へと運んでいます。その荒野の向こうは、冬がなく七つの蜜の川が流れ、黒い亜剌比亜人は、その地で永久《とこしなえ》に生きるのです。

一九一〇年

訳者あとがき

旅することが、詩であるような、プリーシヴィンの世界。北方《セーヴェル》、極東、西比利亜《シベリャ》、中央亜細亜《アジャ》……。この「露西亜の自然の歌い手」（作家コンスタンチーン・パウストーフスキイに依る異名）は、中央の文壇には風馬牛《ふうばぎゅう》、国境《くにざかい》を跨《また》ぎ踰《こ》えて歐亜大陸《ユーラシャ》の「奥の細道」を無心に流浪《さすら》います。草を枕に、筆《ペン》を杖に、墨《インク》を糧に、星を羅針に、心の趨《おもむ》く儘、辺境を目指して。とは云え、抑々《そもそも》、この作家の心の裡には、中央も辺境もなく、作家の視坐の移ろいと共に、両者は揺らぎ、作家の思惟の深まりと共に、両極は熔ける、天末線《てんまつせん》にちろめく蜃気楼《かいやぐら》さながらに、そんなふうにも感じられます。

過客《かかく》の「私」と「黒い亜刺比亜《アラビャ》人」が描かれるこの二つの作品を翻譯していると、西班《スペイ》牙《ン》の詩人フワン・ラモーン・ヒメーネスの『プラテーロとわたし』の驢馬と詩人、西班牙の作家ミゲル・デ・セルバンテスの『ドン・キホーテ』のドン・キホーテとサンチョ・パンサ、芬蘭《フィンランド》の作家トーベ・ヤンソンの『ムーミン』のムーミントロールとスナフキン、井上ひさしさんの「吉里吉思人《キルギース》」ならぬ『吉里吉里《きりきり》人』、伯林《ベルリン》在住の多和田葉子さんの『旅をする裸の眼』などが、目交《まなか》いを過るのでした。何故でしょう。若《も》しかすると、何ものにも囚われぬ、万象への透んだ眼差しが、それらの形象から連想される所為《せい》かも知れません。

　私がこの両篇の存在を識ったのは、慥《たし》か、昨年の秋に拙譯が上梓された同じ作家の「朝《ジェ》鮮人蔘《ニシェーニ》」を翻譯する過程で調べものをしていた時でした。その頃の「余生日記」には、ミハイル・プリーシヴィン著・太田正一編訳『森のしずく』（一九九三年、パピルス）で出逢った「ステップを舞台にしたプリーシヴィンの中編小説が『黒いアラブ人』、極東を描いたのが同じく中編の『チョウセンニンジン』です。後者は地球上の主要な民族言語に翻訳されています。」と云う一文も、書き留められています。

昨年の春、久々の上京の折りに早稲田でブブノヴァさんの絵画展を覧《み》てからアテネ・フランセの傍の未知谷さんへふらりと立ち寄り、奥の一隅で烟草を喫みながら社主の飯島さんと四方山話をさせていただいた際、「黒い亜剌比亜人」を含むプリーシヴィンの未邦訳の作品が話柄に上り、いつかそれらを翻譯してみたいと想われたことでした。そして、孰《いづ》れもこの作家の初期の代表的な作品であり執筆の時期も第一次と第二次の露西亜革命の迫《はざ》間《ま》で前後する「亜當《アダム》と夏娃《イヴ》」（一九〇九年）と「黒い亜剌比亜人《アラビヤ》」（一九一〇年）を一冊の譯書として出版していただくことを夢想するようになりました。秋から冬に掛けて譯文にこつこつと斧鉞《ふえつ》を加え、正月には「懲りもせずプリーシヴィンと切り結ぶアダムとイヴを俎上に載せて」と云う腰折れ歌《うた》を詠《よ》み、「その如月の望月の頃」に漸く廿回目の推敲を了えて何とか筆を擱くことができました。

私の文躰を寛容され本書を出版してくださった未知谷の飯島徹さん、ルビや用字などの注文の多い譯文の編輯実務を担當してくださった伊藤伸恵さん、深遠な原文の理解を援けてくださったエカチェリーナ・メシチェリャコーヴァさん、この本をお読みくださった凡ての方に、心から感謝しております。有り難うございました。

二〇二〇年 麦秋　武州白岡の寓居にて

岡田和也

Михаил Михайлович Пришвин

1873年、露西亜西部のオリョール県（現リーペツク州）の商家に生まれ、早くに父を亡くす。中学を放校になった後、革命運動で逮捕、投獄（1年）、流刑（2年）。独逸のライプツィヒ大学で農学を学ぶ。1907年、「人怖ぢしない鳥たちの国で」、翌年、「魔法の丸麵麭を追って」を発表し、作家活動へ。各地を放浪し、多くの紀行文（オーチェルク）、童話、小説、随想を執筆。「露西亜の自然の歌い手」と称され、自然を骨肉の目で捉える作品は、万物への愛と共生の詩学に貫かれている。1954年、モスクヴァで逝去。「鶴の里」「狐の麵麭」「自然の暦」「太陽の目」「太陽の倉」「朝鮮人蔘」「アダムとイヴ」「黒いアラブ人」「ファツェーリヤ」「カシチェーイの鎖」「ベレンヂェーイの泉」「見えざる城市の辺りで」などの作品の他、半世紀に亙る厖大な日記がある。邦訳に、『裸の春 ― 1938年のヴォルガ紀行』（群像社）、『巡礼ロシア ― その聖なる異端のふところへ』（平凡社）、『森のしずく』『ロシアの自然誌 ― 森の詩人の生物気候学』（共にパピルス）、『森と水と日の照る夜 ― セーヴェル民俗紀行』『プリーシヴィンの森の手帖』『プリーシヴィンの日記 1914 ― 1917』（以上成文社）、以上いづれも太田正一訳。『朝鮮人蔘』岡田和也訳（未知谷）。

おかだかずや

1961年浦和市生まれ。早稲田大学露文科卒。元ロシア国営放送会社「ロシアの声」ハバーロフスク支局員。元新聞「ロシースカヤ・ガゼータ（ロシア新聞）」翻訳員。著書に『雪とインク』『ハバーロフスク断想』（未知谷）。訳書に、シソーエフ著／パヴリーシン画『黄金の虎　リーグマ』（新読書社）、ヴルブレーフスキイ著／ホロドーク画『ハバロフスク漫ろ歩き』（リオチープ社）、アルセーニエフ著／パヴリーシン画『森の人デルス・ウザラー』（群像社）、シソーエフ著／森田あずみ絵『ツキノワグマ物語』『森のなかまたち』『猟人たちの四季』『北のジャングルで』『森のスケッチ』、レペトゥーヒン著／きたやまようこ絵『ヘフツィール物語』、プリーシヴィン著『朝鮮人蔘』（以上未知谷）がある。

西比利亜《シベリヤ》の印象

二〇二〇年六月　十五　日印刷
二〇二〇年六月二十五日発行

著者　ミハイール・プリーシヴィン
訳者　岡田和也
発行者　飯島徹
発行所　未知谷
東京都千代田区神田猿楽町二-五-九
〒一〇一-〇〇六四
Tel.03-5281-3751／Fax.03-5281-3752
［振替］00130-4-653627

組版　柏木薫
印刷　ディグ
製本　牧製本

Publisher Michitani Co. Ltd., Tokyo
ISBN978-4-89642-613-7　C0097